KB123438

帝國의 最後

안평옥의 여섯 번째 시집 중 두 번째 長篇敍事詩

안평옥 지음

보고사

머리말

첫 번째의 장편서사시 화냥년에 이어 두 번째로 제국의 최후를 집필하면서 만약이란 가정은 있을 수 없는 것이 역사라지만 지난 일을 보면서 자꾸만 떠올려지는 가정假定은 아마도, 그런 일 다시는 되풀이 말자는 다짐이 아닌가 한다. 오백 년 조선왕조의 말기를 대할 때마다 느끼는 분노, 아쉬움, 회한 등이 점철됨은 나만이 느끼는 건 아닐 것이다,

임오군란과 갑신정변, 동학농민운동을 이야기하면서 『매천야록』(황현 저)과 『갑오농민전쟁연구』(신용하 저) 등 많은 문헌을 인용하고 참조했음을 첨언하며 문학을 앞세운 미사여구의 긴 나열보다는 그러한 일이 일어날 수밖에 없었던 필연적인 배경과 일시 실명 등을 거론함으로써 이해를 쉽게 한다고는 했으나 이로 인한 피해자가 있다면 깊이 사과하면서 나름대로의 노력이 역부족했음도 부기한다. 오랜만에 갠 하늘의 맑은 햇살이 머리 위에 쏟아지는 오늘,

잊지 말자 지난날의 우리 일,

하는 바람을 글 엮은 변으로 하고 끝을 맺는다.

저자 씀.

차 례

제 1 편

서녘 놀 서럽게 곱나니

꽃은 열흘 피어있기 어렵고 권력 또한 십 년 넘기기가 어렵다는 말과 같이 세상일이 어제가 오늘 같고 오늘이 내일이라고 생각하는 일 모두가 우주만물을 한 자리에 머무르지 않게 하는 "無常"이라는 단어가 무참하게 짓이겨놓는다는 것은 무엇인가를 시작하여 얼마의 시간이 지난 후에야 실감하는 것이 우리의 삶이다. 왕족으로서 생명을 부지하기 위하여 헤진 옷에 부서진 갓 걸치고 喪家의 개라는 소리 들어가면서도 끝내는 둘째아들 명복을 왕위에 올려놓고 섭정하기 십 년에 아들 며느리에게 쫓겨난 흥성대원군 이하응 그도 위의 범주 벗어나지 못하고 말았다.

화무십일홍이라

1
갯바람이 거세게 몰아치는 제물포 바닷가
서너 아름으로 의젓이 서있으면서
추위 잘 이겨내고
소금기에 강한
팽나무
위세가 하늘로 뻗쳐오르다가도
좌우사방으로
풍채 좋게 뻗은 나뭇가지
잎, 잎이 품안에 깊숙이 숨겨둔

두세 푼分 크기의 열매 찾아낸 햇살이
농부들 이마의 땀 훔친 바람으로
너무 곱다 예쁘다 하면서
길게 어루만져주면
적갈색으로 곱게 익는
가을이 네댓 치의 잎사귀마저
자주색으로 물들여 놓을 때

불어온 해풍이 나뭇가지 끝에 매달려
제 몸의 갯내 풀고
짠 내는 내려놓아
진한 생선비린내 흩뿌려 놓으면
세월은 어느 사이에
추분 넘어
흰 구름 한 조각이 유유히 허공 유영하는

乙酉年(1885년)
팔월

스무 이렛날

한낮에 이르는 긴 기다림에 지쳤음인가
바닷바람 한 모금 깊숙이 들어 마셔
훅 뿜는 숨쉬기
여러 번의 반복에도
가시지 않는 초초함으로
감았던 눈 번쩍 뜨는 순간에
보인다

수평선 저 쪽에서 검은 연기 뿜으며
갈매기의 호위
하얗게 받는 청나라 군함
비호호와 진해호다

동네 뒷산 크기로 부두에 와 닿고
총칼 들고 길게 도열한
제복차림 청나라 병사들 사이로

외로워서 초췌한 모습의 걸음 옮기며
멀리 있는 산 바라보는
임금의 살아있는 아버지
대원군을 보고
반기는 서해바람이 물거품 물며 달려오고

흰옷의 물결은 지난세월 내내
어느 곳인가가 텅 빈 것 같아 허전했고
붉은 피가 뜨겁게 용솟음쳐 오르던
가슴으로 맞이할 셈인지
잔잔하던 파도가 일렁거리기 시작한다

그제야 정신이 제자리 찾은
유동영은 군함이 깨져라 소리 높여 부르는
대원위 대감 만세를 주위사람 모두가
너나없이 따라 외침에
깜짝 놀라 돌아보는 부둣가의
배와 배, 군중과 군중들 오가는 모습과

놀란 갈매기 날갯짓 사이로 떠오르는
아버지 유복만의 모습이 보인다

乙卯年(1855년)에 태어나
무위영武威營 포수로 있던

壬午年(1882년)
유월
초닷샛날

마치 부처님의 자비심을 흉내 내듯
먹고 살아야 할 것 아니냐며
밀린 급료 열 석 달치 중
우선 준다는 한 달분
그걸 받으러 달려간 선혜청에서
눈뜨고 볼 수 없는 모습에 항의하다가
모반대역부도 죄로
군기시 앞에서 능지처사된

그때가 새삼 어른거리고

울화병 어쩌지 못한 어머니는
아이고, 불난다,
가슴에서 불난다고
자리보전하고 누워있던 대 여섯 달 동안
시름시름 앓다가
눈감은 일들이 새삼 스쳐서 지나간다.

2
물 묻은 바가지에 깨 달라붙듯
억새꽃에 하얗게 매달려
바람에 흔들흔들 흔들거리는 모습의
햇살이 눈에 부신데

검은 구름의 북녘하늘에 맞서
눈 부릅떠 당당이 응시하는
올곧은 기백의 마음 어느 누가 있어

굳이 알아달라고 하지 않아도

壬午年(1882년) 군란軍亂 주동자
유복만 김춘영 정의길 등의 간청으로
수습하려는 사태에 되 말려
사로잡혀온 중국 땅에서

하얀 조선종이 위에
한숨으로 난蘭촉 솟구쳐 올리고
울분으로 처진 잎에
세월이 쌓여져 내린 뿌리 지켜보던
대원군의 심사를 위로하듯

남녀노소에 빈부귀천 없이 서로서로
두 손 모아 잡은 합장에
뺨 적시는 눈물로
반기는 백성들 함성이
마치 먼 여행길에서 무사히 돌아온

자기 부모님 맞는 모습이었지만

마중 나온 조정대신은 없고
올 올의 머리칼과 수염
바람에 하얗게 날리며
청국 이사관
일본 영사대리와
걸음을 같이하여 다다른 정겨운 한양에
표정 없이 마주하는 숭례문은
예나 지금이나 말이 없다

대원군이 돌아오면
나라가 망한다고는 했으나
4년 넘게 유폐된 타향살이 풀어준다는데
자식 된 입장으로서
차마 싫다 할 수야 없는 일

반백半白이 넘어선 아버지 대원군과

아들인 임금의 눈길이 마주쳐도
오히려 서먹한 마음이 더하여갈 뿐
자식 된 도리로서
한마디의 인사가 없었으나

배석한 조정중신들은
그간의 고초 여쭙고
상인과 군졸 촌부의 아녀자며
어느 주점의 주모인 듯한 여인까지
맨땅에 주저앉아 이마에 두 손 얹고
큰절 올리는 모습 보면서

무 뽑다 들킨 아이마냥 다리가 후들거리는
임금은
생뚱맞게도
열세 해 전 일이 떠오른다

나이 열여섯 되던 해인 丙寅年(1866년)에

한 살 위의 왕비와 결혼하여 어언 7년
나이 스물셋 된 왕비는
마음씀씀이에
사리분별도 분명하여
이러저러한 도움말도 좋지만

닿으면 튕길 듯한 엉덩이에
뻗는 손길에 재빨리 환히 웃는 유두乳頭며
살살 짓는 눈웃음으로
옷깃 사정없이 파고들며
살과 살 밀착하고는

전하,
만기 친히 살피신다고
의정부에 알리세요
대원군의 출입은 허가토록 하고요

젊은 속마음 꿰뚫어보고

타오르는 불씨에 기름 붓듯
자지러진 코맹맹이 소리 베갯머리공사로
나랏일 소신껏 하고픈 사내욕망에
싫은 마음 있을 리 없는
임금은
그리하자 대답하고는

거친 몸놀림 뒤의 숨결 고르며
혼곤한 잠에 빠졌던
그 밤으로 돌아가고픈 마음참고
가져다준 의자에 앉고서야
몸 가누고 바라보는 눈앞이다

손닿을 거리인데도
10년 내내
모르쇠 했다고 꾸짖는 아버지 대원군의
부릅뜬 눈망울에서 이글거리는
벌건 불꽃 보고 있었으나

아버지인 대원군은 내 아들인
임금이
조용히 눈 내려감는 모습에서
지난 일이 주마등처럼 스쳐 지나고 있었다.

3
영욕과 희노애락이
세월에 얹혀 감을 알려주면서
색 바랜 잎사귀가 낙엽으로 뒹구는

癸酉年(1873년)
동짓달
초닷샛날

여느 날과 마찬가지로
평교자에 앉아 입궐하는 아침 길이다

쉬이 물렀거라

대원위대감 행차시다, 하는 걸쭉한 목소리가
얼어붙은 장안추위 깨듯
쩡쩡 울리며 길을 연
창덕궁 전용 출입문 앞이다

어제까지만 해도 멀리서 들리는 소리에
잽싸게 달려 나와 맞던 수문장이
보이지 않아
빗장 지른 대문 앞에 선
소위 천하장안이라 부르는
천희연 하정일 장순규 안필주 네 사람의
안하무인격 거친 발길질에도 끔적 않던
대문 안쪽에서 거드름 피우듯

"왠 놈이냐"

소리 후에도 한참 지나서야 나타난
지금까지와는 너무 다른 수문장의 행태

빙빙 돌아가며 위아래로 내리훑고는

네 이놈,
네 눈깔엔
여기 대원위 대감이 아니 보이느냐

"냉큼 문 열어라" 하는 호통에도

너희들 쯤이야 안중에도 없다는 듯
밭은기침에 가래침 쏟아내며
힐끗 대원군 쳐다보고는

허 허 저런 발칙한 놈들 보았나
허락 없이는
어느 누구도 들이지 말라는
어명이
지엄하였으니 냉큼 썩 물러가거라
내 말이 아니 들리느냐

우두망찰한 표정으로 멍한 천하장안은
어명이라, 어명내린 자는 임금님
임금님은
대원위 대감 둘째아드님인데
세상에 이럴 수가

잘못 저지른 아이마냥
팔다리의 움직임이 일시에 멈추어지고
저 저 하는
천하장안 두루마기자락 바람이 끌어가며
북에서 밀려오는 먹구름 그림자가
우두커니 된
대원군의 평교자 덮을 즈음에야
눈에 떠오르는
10년 전 일이 뇌리를 스쳐간다

癸亥年(1863년) 섣달 열 사흗날
대왕대비 조 씨와 사전 조율에 의하여

열두 살 된 둘째 아들 명복命福으로
승하한 철종哲宗의 뒤를 이어
이 나라 조선의 지존至尊 자리에 앉히고
아직 어려 섭정하기 십 년이 되던
어느 날

왠지 어제 같지 않은 임금 표정이며
궁궐에서 음식대접 잘 받고는
뜰아래로 내려서는 등 뒤에 비수 꽂듯

'대원군 때문에 오백 년 조선이 망해야 하나' 하는
왕비 목소리에도 늙어 잘못 들은
환청이겠지 하고 발길 돌렸던
지난 일이 떠올랐으나 이제는 잊자며
지그시 눈 감고
운현궁에 든 대원군은

4년 만에 내 손때 묻은 집으로 돌아와

부대부인 민 씨의 지극한 보살핌으로
물과 뭍의 수만 리 길에 지친 몸
추스르는 사이에

궁궐에서는 운현궁 출입 통제하고
하나님 섬기는 소래교회가
장단에 생겨났으며
노비의 세습제 폐지에
서양식 개인병원이 문 열었고
성냥공장이 양화진에 들어서는 등
세상은 어제오늘이 다르게 변하고 있었다.

진짜 도둑놈이 누구냐

1
세월은 어느 사이에 입춘 우수 거두어 가고
무료함이 자라듯
제법 부풀어 오른 버들개지다

찬기 가신 바람이
매화 망울 속살 간질거려
뿜어내는 향내 냇물에 실어 보내면
하늘이 파랗게 떠오르며
백목련 하얀 웃음이 낭자하고

희망 안은 아지랑이 마중에
산과 들 초록 꿈이 배시시 솟는데

햇볕 들지 못한 골짜기마다
열 지어선 서릿발 날카로움으로
몸 싼 파란 이끼가
기지개 켜는 여울목에서 합창하면
움츠렸던 겨울 씻어 내리는
사랑 실은 봄비가 온 누리 촉촉이 적시고

작은 풀꽃이 하나둘 피어나는
아래쪽 솟을대문에
흰칠한 기와집 사랑채다

잠재우고 먹여서
기른 강아지에 무엇 물린다더니
저를 어떻게 키우고 가르쳐서
오늘의 그 자리에 있도록 했는데

그 은덕 저버리고 내 발길 가로막아

입 밖으로 튀겨져 나오려는
네 이놈
소리 가까스로 억누르느라
몇 번인가 밭은기침 토해내다가는
놋쇠 재떨이에 대통 연신 두들기며
괘씸한 지고 연발하는 앙앙불락의
흥선대원군

어느 날 아침에 아들 며느리에 쫓겨나
양주 땅 직곡농장에서
냇물에 시름 띄워
모였다 흩어지고
흩어졌다 다시 모이는
산마루의 구름에 한숨 얹혀보지만
좀처럼 사그라지지 않는
노기怒氣야 내 알바 아니라는 듯

제 친정식구 몽땅 불러 곁에 둔
왕후 민비는

甲戌年(1874년)
이월
초여드렛날

오랜만에 조선왕실 적자適者로 태어난
원자 아기씨
만수무강의 천세千歲 빈다 했으나

언제 어느 때 소리 없이 들이닥칠지 모를
대원군에 대한
불안감으로 일어나는 초조함 달래려

점치고 굿하는 혹세무민의 무당이며
부처님 마다한 파계승 땡추와
사주팔자 보아준다는 소경의 판수

궁궐로 불러들여 굿거리 푸닥거리하느라
조용한 날 없었고

금강산 일만 이천 봉마다
비단과 쌀, 돈 놓고 비손토록 했으나
그도 부족하여
춘향가 심청가 박타령 토별가
적벽가 가루지기
집대성한 판소리 여섯 마당에

걸쭉한 남도아리랑타령이 좋다고
온몸으로 춤추고 노래하는
임금 내외의 몸짓이
좋지 좋아하는 추임새에 따라
조선 천지 검게 물들여가고 있었다,

당색과 문벌 없는 인재등용
과감한 탐관오리 척결

백성 모두에게 너나없이 부과한 세금
복식 간소화 등
대원군이 아끼고 절약하여 쌓아둔
피땀 엉킨 수만 금의 돈
흔전만전 물 쓰듯 꺼내 썼으니

우물도 마를 날 있다고
채 일 년 못 되어
바닥이 보이도록 거덜 난 나라 창고에
필요한 유흥비 조달하려는
민비 지시로
전국 수령방백의 자리 값
이조판서 민규호가 적어 올리니

감사와 유수는 오십 만에서 백만 냥
군수며 현감자리는 이만 냥
기타 자리야 때에 따라 다르다는 대답에
지원자가 문전성시 이루고

무너지고 넘어질 조선은 내 알바 아니라는 듯
매관매직에 재미 붙인
임금 내외는

이 년으로 정해진 지방관 임기를
일 년 반으로
일 년 반을
다시 일 년으로 줄여
돈 있는 자에게 벼슬길 넓혀주니
전에 없는 성군聖君(?)의 현신이라며

정이품 벼슬의 판서判書
정이품에서 종사품까지의 대부大夫
오위五衛에 속한 정사품의 호군護軍
종구품인 참봉參奉
토목이나 건축의 감독인 감역監役 벼슬의
증贈 교지가
돈 따라 저승까지 나돌았다

丁丑年(1877년)에 시행한 정시庭試문과
급제자 네 사람 중
의주부윤 남정익의 아들 규희의
장원 비용이 자그마치
십만 냥
나머지도 뇌물에 따라 달랐으니
앞일 알려하지 않아도 환히 보이는 것

그 옛날 채청사 채홍사의 눈길 막으려
심었음직한
서너 아름 실히 되어
비바람에 구름이 노니다 가는
마을 앞 느티나무 아래에 모여 앉아
세상사를 느낌으로 아는 촌로 몇 분은

옛 어른들 말씀처럼
임진년과 병자년 난리 때의 놀같이
오늘도 서쪽 하늘이 저리 서럽게 곱다고

길게 내뿜는 한숨 사이로
서쪽 하늘은 더욱 고와지고
매미 울음소리가 구슬프게 울려 퍼지는데

어魚자와 노魯자 구분 못하는
낫 놓고 기역자도 모르는 놈이
낫 놓고 기역자도 모르는 놈들 중에서
낫 놓고 기역자도 모르는 놈을
장원으로 뽑았다고
과거科擧 시험 시험관인
임금의 큰아버지 영의정 이최응과
심순택을 비아냥하면서
초시初試는 천 냥
회시會試는 일만 냥에 흥정된다는
장탄식의 입김이 채가시지 않았는데도

하고자하는 일 마음먹어 안 될게 없는
민비는

친정 조카 민영익을 어제는 대교待敎
오늘은 한림翰林하면서
일 년에 정삼품 당상관인
통정대부 만들어 측근에 두고 있었다.

2
잘되는 일은 내가 한 것이라고
잘난 체하기 둘째 가라면 서운해 하지만
일이 잘못되거나 책임져야 할 상황에는
남보다 앞서
한 발 거두어들이는
빈채리 같은 인간들은
온몸에 돈 독이 스며들기 마련인데

겹겹이 문 닫은 구중궁궐 깊은 곳에서는
평안감사가 수레에 보낸
반짝반짝 빛나는 금송아지 본
임금은

느닷없이 지르는 고함소리로, 남정철 이놈
도둑놈, 진짜 도둑놈
관서지방에 그 흔한 금
저 혼자 다 처먹었다고 탁자 내려침은

현 감사 민영준이
전임 감사 남정철보다
더 큰 금송아지 보냈기 때문이니

철종의 부마 박영효가 독대한 자리에서
쌀이 옥같이 귀해서 백성이 굶주리고
사고파는 과거 급제며
죽은 귀신에게 내리는 벼슬이야기에
서로가 서로를 마주보는 위아래 눈빛이
어제오늘이 다르다고 하여도

고양이가 무슨 풀 뜯어먹는 소리냐며
못 들은 체하는

오백 년 내려온 조선의 임금이시니

乙亥年(1875년)
팔월
스무날

일본군함 운양호가 제 맘껏 분탕질하는
인천 앞바다 월미도에서는
병인 신미양요 때처럼
하나 된 힘은 어디에도 없고
무너지고 싶어도
더는 무너질 것 없는
수령이나 바닷가 초소장 보고가 없어
영종도는 잿더미 되었고

丙子年(1876년)
이월
초사흗날 수호조약 때

일본 가는 조선 수신사 일행은

부산에서 시모노세키까지
하루에 닿는 기선에 놀라 까무러지고
검은 쇠로 집채처럼 크게 만든 기차 앞에서
벌린 입
다물 줄 모르는 모습에
약삭빠른 일본인들이 모여
돈 많이 벌어 조선 사들이자고 한 뒤에
생전 처음 보는 기선汽船이며 상품이
부산항에 넘쳐나는

辛巳年(1881년)
사월
스무 사흘날

조정은 건강한 청년 80명으로
일본 본받은 신식군대인 별기군 만드니

자르지 않은 상투에 얹은 신식모자
두툼한 버선에 신은 구두
구령마저 왜말로 주고받는 훈련받으며
구식 군인보다
네 배 많은 급료 받는
특별대우 탓으로 높아져가는 원성
온 나라에 불길처럼 번져가고 있었다.

모진 바람 간밤에 불더니만

1
땅위에서 낳고 자라다가 스러지는 생물이
하나 둘 아니고
살아가는 방법이 각기 다르다 하여도

한 해 살이 풀이야 봄에 꽃 피우고
여름에 자라다가 고스러지는
가을 지나면 그뿐이지만

누구도 범접치 못할 사철 푸른 위엄으로

곧고 굳어서 흔들림 없는 의지에
온몸으로 바람맞는 춤사위 따라
으쓱하는 어깨춤웃음이 대지 적시고

아리랑가락 신명나게 읊조릴 듯
의젓한 자태인가 하면
부러질지언정 스스로 꺾이지는 않겠다며
백설이 만건곤滿乾坤하는 날
무리지은 백로 하늘로 날려 보내는
두 팔 활갯짓이 너무 고운
소나무에 대하여
노쇠 어쩌고 하는 것은
아마도 어울리지 않으리라
여겨지는 것은 다 같은 생각이겠지만

오백 년 이어온 나라
조선은
지난 일 까맣게 잊는 건망증에 들었나보다

오랜 세월 동안 밀고 당긴 위쪽의 중국
잠자는 땅 러시아의 시베리아
명치유신으로 새로워진 바다 건너 일본

그보다 더 먼 대양 저쪽에서 다가오는
미국과 영국 독일
이들로부터 나라 지켜야 하는
군인들 녹봉 연회비용으로 돌려쓰고

세자의 무병장수 비손하는 데 쓴다고
보이는 것마다 뺏는
호랑이보다 더 무서운 관리들 우격다짐에
비어가는 창고 엿보던 살쾡이 마냥
자중하고 자애하여야 할
민비 측근들마저 빼돌리니

차라리, 난리라도 났으면 좋겠네
그러내 저러내 하여도 대원군 시절이 좋았지

날마다 변화하는 모습에서 희망 보았잖아
능력 있는 자 발탁하면서
갓이며 두루마기자락 작게 하고
천지개벽 후 처음으로
양반에게 세금 부과하고
죄 없는 사람 볼기치는 서원 헐고

안동 김씨 60년 세도 없이 하여
사색당파 인정치 않고
숨은 인재 널리 구하여 쓰면서
임진왜란 때 불타버린 경복궁 중창하고
한 일이 어디 하나둘이 아니잖아
그리워지는 그때를 이구동성으로 되뇌는데

辛巳年(1881년)
팔월

왕비의 최측근인 민겸호는 어영대장

민태호는 총융사, 이경호를 도통사에 임명하여
임금 아닌 왕비의 친정체제가 확립되어
순박한 백성 총칼로 다스리려 하면서
군인들 밀린 봉급 열석 달 치 중
우선 준다는 한 달 급료
쌀 네 말四斗
이걸 받으러 네겁 놓고 달려간

壬午年(1882년)
유월
초닷샛날

남대문 안에 있는 선혜청의 도봉소都捧所다
이미 달려온 사람들이 웅성웅성하며
굶주림으로 웃음 잃은 얼굴에
이글거리는 분노의 불길이
바람 만난 산불마냥
사방팔방으로 불똥 튀겨져 번지면서

냇내 없이 번지는 연기가 바람 따라
예서제서 피어오르고
보기에도 아까운 쌀 관리부실로
물먹어
썩는 냄새에
왕겨와 모래가 섞여져 수량은 절반

누구의 농간인지는 불문가지
불끈 쥔 두 주먹에
역류하는 피
천둥번개가 내려치면서
우두둑 쏴 장대비 풀어놓는 먹구름이다

丙子年(1876년)
수호조약으로
항구의 문 열리게 되면서

부산 인천 원산항에 자리 잡은

약삭빠른 일본 장사치들이
있고 없는 모든 수단 동원하여
세상물정 모르는 조선 농민들로부터
40전에 사들인 쌀 한 섬을
제 나라에 6원이나 8원에 넘기기 때문이다

아니지 벼슬이란 벼슬 모두 팔아먹고
놀기 좋아하는
민비와 그 일족 때문이야

만주며 중원의 넓은 땅 놓아두고
우릴 식민지 삼으려는
되놈들 뒷바라지 때문이지

알고도 모르는 듯 뒷돈 챙겨
호의호식하는 놈이 더 밉다며
번득이는 눈과 눈이 마주친 가운데
다혈질의 포수 김춘영은

불끈 쥔 주먹으로 허공 휘두르면서
이런 것을 먹으라고 주다니
야, 이놈들아
우리가 개돼지냐

흐를 곳 찾지 못한 물길의 부르짖음에
잘못 깨닫는 것 고사하고
도대체 어느 놈이야
배가 덜 고픈 모양이구나
경치기 싫거든 어서 빨리 꺼져

마주 던진 창고지기 고함에
때리는 이 없어
울고 싶은 울음 목젖너머로 넘기던
설움과 눈물이 제방 무너뜨려
쏟아진 붉덩물이
제일로 먼저
비아냥거리던 창고지기 향하여

앞뒤 구분 없이 쏴하며 냅다 덮쳐갔다

방귀 뀐 놈이 구리다 왜장치고
똥 묻은 개가
겨 묻은 개 나무라고
도둑이 도둑이야 소리치며
만신창이에 허덕이는 백성소리
아예 들으려 하지 않고

오늘의 주모자
김춘영 유복만 정의길 등 다섯 명
처형한다는 소식이
포도청의 높은 벽 뛰어넘은
초여드렛날이다

전후 사정이야 어쨌건 일단 자식 살리고
누구누구 가릴 것 없이 형 돕고
어린 아우 구해야 한다며

빌자고, 잘못했다고 빌어보자고 달려간
솟을대문의 민겸호 집에서
깨진 기왓장에
돌멩이와 욕설이 소나기 쏟듯 날아오면서
이렇게 죽으나 저렇게 죽으나
한 번 죽음은 같다며
응어리로 맺힌 분풀이라도
살아생전에 실컷 해보자면서
다음 날에 모인 천여 명 군중들이
민겸호의 집 대문 밀치니

내 피로 얼룩진 가재도구
내 눈물로 무늬 이룬 의복과 피륙
내 한숨이 엉켜져 만들어진
패물 사른 불씨 포도청에 흩뿌려
모두를 무사히 구했다

그래도 성이 가시지 않은 다 다음날인

초열흘날에는 흥인군 이최응이
성난 백성들에 의하여 제 집에서 비명에 가고
임금인 아들의 부름에 대원군이 달려와
멋쩍은 대면 이뤄지는 궁궐마당에서
도포자락 잡아끄는 선혜청 당상
민겸호다
지난날의 호기는 어느 선반에 얹어 놓았는지
무릎 꿇고 두 손 비비며

"대원위대감 날 좀 살려주시오"에

내게 힘이 없음은 대감이 더 잘 아는 터
한 마디에 끌려가 난도질당했고
입궐하던 전 선혜청 당상
경기관찰사 김보현이
겁 없이 내지르는 네 이놈들 소리는
거친 발길질에 넘어지며
좋아하던 돈 뱃속 가득 넣어주니

갈비뼈 사이사이로 삐져나온
엽전과 함께 개천에 버려지면서
이후로는 대원군의 지시에 따르라는
어명御命 한 마디에
울리는 백성들 환호성이
창덕궁의 처마 들었다 놓는다

한 번 풀린 물은 가로막음 알음치 않고
거칠게 흘러내리며
가슴에 맺힌 응어리 풀어헤치는
성난 몸짓의 거친 함성은

"요부 잡어라 여우 죽여라"고

찾는 민비는 평민여인 차림으로
부대부인 민 씨 사인교에 앉아나가는 걸
휘장 찢은 정의길이 끌어내렸으나
어이하랴, 민비 본 사람이 없는 것을

곁에 있던 별감 홍계훈이 재빨리 끼어들어
병든
제 여동생
급히 데리고 나간다는 애원으로
민용식 민긍익 이용익과 다다른 한강변이다

수상한 사람 건네지 말라는
대원군의 명이 있었다고
살래살래 고개 젓는 나이든 뱃사공
거친 손에
민비가
쌍 가락 금반지 쥐어주고서야
건넌 주막집 앞
느티나무 아래 그늘이 시원하다.

2
쥐구멍의 쥐는 잡지 않고
소반 위의 고기만 훔쳐 먹는구나

고기 없으니 내 배가 굶주리고
쥐 있으니 내 곡식 도적질 당하네
너 기르는 건
도적 잡으라는 뜻인데
어찌하여 너 스스로 도적이 되었느냐
속 시원히 한 대 때려
멀리 큰길가로 내쫓았으나
빙빙 돌며 가지 않고
어느 사이 마루 밑에 숨어들었네
너의 교활함이 참으로 미워
시詩 지어 깊이 꾸짖어 보노라

이조 영조 때의 사람인 임광택의
고양이 꾸짖는 시가
어디선가 들리는 듯했는데
시원한 삼베적삼에
무릎 덮는 치마 입은 여인 셋이서
나무 아래 숨 고르는 가마 보고

예쁜 아씨 마님이 어디 가실까
지금 한양에선 중전 때문에 난리라지
시아버지께 싸움 건 못된 년이지

대원군의 대궐 출입 막아놓고
제 친정붙이들 몽땅 벼슬살이 시켰다만
그러니 난리꾼에게 밟혀 죽었지
국장 이미 반포했다지
나라 망칠 년이었네
그런 때는 하느님도 무심치 않네 그려

가마 속 민비는 지난날 반성하기는커녕
때 얻어 환궁하는 날
이들을 요절내리라 작심하고
여주 민영위의 집 거쳐
장호원에서 60리 길이나 떨어진
국망산 아래 초가에서
하루에 이백 리 길 걷는다는 이용익에게

아무도 모르게 궁궐로 소식 전하고는
종묘사직이 위태롭다고 구원병 청한
청나라의 병력에 맞춰
일본군은 인천으로 들어오고
본진이 남양만에 도착한 청국군은

壬午年(1882년)
칠월
열 사흗날

대원군을 군함 제원호에 유폐하니
북두칠성의 눈물이 안타까이 반짝이고
뜸부기 치솟는 논가
혀 빼문 우렁이의 울부짖음으로
참게가 놀라 달아나면서
처서 백로가 가까워졌지만
찾아온 늦더위에도
매미소리마저 깊숙이 잦아들면서

시원한 그늘 아래 몸과 마음 쉴 법도 한

칠월
열엿샛날

왜놈에 되놈도 필요 없다
우리 일은 우리가 알아서한다
대원군 돌려보내라
양반 상놈 없이 하라고
외치고 또 외치는 순간마다
되놈 총에 맞는 백성 수십 명의 피, 피가
몸과 마음 벌겋게 얼룩지게 하던 날

산골에서 숨어 피는
나리꽃은 사방팔방으로
울컥, 울컥 핏빛 풀어놓았다,

나라 걱정하는 백성들 소리인

반봉건 반외세의 외침이 허무하게
군란軍亂이라 낙인찍혀 50일 만에 스러진

칠월
스무 이튿날
임금은

- 과도한 토목공사와
- 지나친 기복祈福 행위
- 관리의 주렴가구가 횡행하고
- 낭비로 군인과 아전 굶기고
- 공물 값 지불치 못하고
- 외국과의 관계 소홀히 했으니
- 앞으로는 서북의 개성인
- 서얼과 의원에 역관 서리 및
- 군인들의 출사제한 폐지한다는

개국 이래 모처럼의 유신維新 반성문이

한 점 반딧불로 반짝이는가 했으나
그 빛마저도

팔월
초하룻날

국망산 아래에서 환궁한
민비의 치맛바람에 스러지고 말았다.

제 2 편

개화開化의 꿈 이른가

　　임오군란이 있은 다음 해이고 갑신정변의 전 해인 1883년 9월 19일 민씨 척족의 거두 민영익과 개화파인 홍영식 등 8명이 보빙사報聘使 되어 태평양 건너 미국의 21대 아서 대통령에게 너부죽이 엎디어 큰절 올린 4년 후인 1887년 2월 12일 백성의 피땀으로 조선의 경복궁에도 전깃불이 대낮처럼 밝혀졌으니, 1769년 이탈리아의 볼타가 전기를 발견하고 110년 후인 1879년 미국의 에디슨이 전구를 발명하여 실용화된 8년 뒤의 일이다.

백성의 피땀으로 불 밝히니

1
다스림의 요건 중 첫째인 백성 사랑은
그 종류와 방법이 많다 하여도
농사지을 땅 공평하게 배분하는 전제田制와
세금 부과하고 징수하는
세법稅法이라며

세종9년인 丁未年(1427년)
삼월
열 나흘날

창덕궁 인정전에 나아가 높이 앉은
조선의 4번째 임금 세종은
과거시험 제목을 공법貢法으로
선발한 20명 인재와

관료 유생들의 의견 수렴한 후
넉넉함을 백성에게 돌려주고
임금도 모자람 없는
올바른 공법貢法 만들어
시행 이전에 주민 뜻 물어야 한다며

세종 12년인 庚戌年(1430년)
삼월
초닷샛날부터 팔월 열흘까지

여성과 노비 제외한 농지소유자와
실제 농지 경작하는 17만여 명이 참여하니
단군왕조 이래 처음으로

전국적인 국민투표 널리 시행하여

찬성 98,657표
반대 74,148표의 뜻

450년이 지난 丁亥年(1887년)
이월
열흘이 되어서야

누구도 흉내 낼 수 없는 자애롭고 숭고한 뜻
동구 밖 솟대보다도 더 높게 매달아
환히 밝히려 했나 보다고
비아냥거리듯

들깨기름불에 양초와 남폿불 거쳐
석유의 호롱불 대신하는
전깃불이 경복궁 대낮처럼 비추니
벼슬아치들의 호탕한 웃음소리 질펀했지만

짓눌린 무게에 굽어진 남정네의 등허리며
여인네의 머리에 얹혀져오느라
땀에 젖고 한숨소리 섞인

쌀과 보리 콩 조 기장 등 오곡에
약간의 금과 은
마른 해산물과 인삼에 소가죽
청자 백자의 도자기와
부녀자의 머리카락을 합하여

천주교 조선교구 주교인 프랑스인 리델 등이 체포된
丁丑年(1877년) 7월부터
5년 뒤 壬午年(1882년) 6월까지
일본인이 제 나라로 가져간
조선의 수출상품은 46만 엔 상당이고

걔네들이 우리에게 판 물건값 510만 엔 중
제 나라 상품은 겨우 11.7%

나머지는 다른 곳의 물건에 이윤 붙인 사실
뒤늦게야 깨달았다.

2
코가 썰렁하도록 기막힌 일
이제야 깨닫고 깊은 한숨 몰아쉬는

壬午年(1882년)
팔월
초아흐렛날

정사 박영효 부사 김만식
종사관 서광범 고문 김옥균을
일본에 수신사로 보냈으나

일본정부와 영국 미국과의 투자교섭이
무위로 끝난 것은 뒷받침 못하는
너무 미약한 국력 탓이라고

한탄함을 알 길 없는 조선 조정은

독일인 재정고문 묄렌도르프의 건의로 설치한
전환국典圜局의 엽전 제조권 얻은
민태호는 당 오 전에 당 십 전 발행하니
돈이야 하면 뱃속 아이가 나오고
큰 갓 쓴 벼슬아치 중에

민비 덕으로 벼슬이 오를 만큼 올랐으면 됐지
불을 탐하는 부나비마냥
누구 못지않게 재화 따르는
민영익 등이 다투어 쫓아

물가는 하늘 높은 줄 모르게 뛰는 만큼
민심은 멀어져
여기저기 민란이 일어나고 있는데도

잊으려 해도 잊을 수 없는 임오년의 아픈 기억

하얗게 살라먹은 것 같은 임금 부부
앞을 가로막는 장애물도 없고
아니 되옵니다의 쓴 소리 들리지 않아

기왕에 재미 붙인 밤샘 놀이에
좋지 좋아, 자ー알 한다
노자路資 넉넉히 주어 보내라는
어명御命이
오뉴월 장맛비에 한강물이듯
소리판에 흥건하게 흘러

여명의 때 지나고
불끈 솟아올랐을 해 가리는
먹구름에 어둠은 더욱 짙어져
비바람 천둥번개에
궁궐 앞
아름드리 느티나무 가지와
우듬지가 어쩌지 못하고 잘려져 나가

힘들게 솟은 새싹은 망가지고
솟대의 기러기가 날아갔다고
웅성, 웅성 이 거리 저거리가 웅성거린

壬午年(1882년)부터
甲申年(1884년)까지

영국 프랑스 러시아 미국 독일에
일본 막는 방법은
오랑캐로 하여금 오랑캐 제어하는 거라며
조선에서 서로 다투라고
청나라 북양대신 이홍장은
상호간에 우호통상조약 체결케 하고는
가가대소하는 사이

병자수호조약으로 개항된 부산 인천 원산항에
먹거리의 통조림
옷감인 벨베트

퇴비거름 대용의 비료
물이 스며들지 않는 고무제품
볶고 짜지 않아도 불붙는 석유
빨래하기에 세상 편한 비누
꿀보다 더 단 설탕
해와 물 아니어도 시간 알려주는 시계 등
200여 종이 기선에 실려 들어와
조선시장 지배하고

미국이며 영국산 옥양목玉洋木
넋 잃고 바라보는 농민들은
호미든 일손 놓아
조선 천지가 굶주림과 추위에 떨어도

향과 색깔이 아름다운 양주
달콤한 양과자
향기 좋은 커피
은은한 맛의 홍차로 손님 접대하는 왕비며

권련卷煙 꼬나문 내시와

여우털 목에 두른

궁녀가 궐내 횡행하고 있었다.

드디어 터진 사자후

1
경기도 개풍군 천마산 기슭이다
맑은 약수에 녹음과
가을단풍이 아름다워
경기민요의 주제가 되면서
송도삼절이라 부르는 박연폭포에

한시와 시조에 뛰어나
청구영언에 그의 글이 전하는
명기名妓 황진이가 있는가 하면

그 황진이의 유혹 유연하게 뿌리친
당대의 학자 화담花潭 서경덕은

존재가 생겨나고 또 생겨나도 다함 없으니
다하였다 싶을 땐 어디선가 또 나오네
시작도 없이 생겨나고
또 생겨나거늘
그대는 아는가 어디서 오는가를,
이라고 말하고는

존재가 가고 또 가도 다함 없으니
다하였나 싶을 때
다간 적 없어
끝도 없이 가고 또 가거늘
그대는 아는가 어디로 가는 가를, 외쳤듯이

억장 무너져 내려 기가 막히는 일
한두 번 아니게 겪은 사연

피 토하듯 외치는 젊은이가 있었으니

존경하고 사랑하는 어르신
청순하고 깨끗함 좋아하시어
위아래 옷 하얗게 입으시는 백성 여러분
안녕하셨습니까,
저는 지지난해 壬午年(1882년)에
일본 놈 필요 없고
되놈도 소용없다고 외치다가
능지처사 당한 무위영 포수
유복만의 아들입니다

이제 와서 지난 일 돌이켜 생각해보면
제 아버지는 물론이요
각별히 가까이 지내신 어른들께서
그날
어째서
거리거리에 나와서 그토록 외쳐야 했고

그것이
꼭
죽임당해야만 하는 죄였는지
지금도 잘 모르는 원통함이 있어
여기 이 자리에 섰습니다

끼니꺼리 없는 식구들 누렇게 뜬 얼굴에
주지 않던 녹봉 열석 달 치 중
준다는 한 달 분
쌀은 썩고
섞인 모래와 겨가 반이었습니다
어린 제가 보아도
고개가 갸웃거려졌는데
하늘로 머리 두른 사람치고
누가 분개치 않을 수 있었으리요

오뉴월 복날에 개 다루듯 끌려가
맥없이 죽임당한 그날의

슬픔자국이 지금도 선명하여
나날을 아픈 가슴으로 살아가는데
저기 저쪽 조선 약국에 온 되놈들이
무료로 약 지어주지 않았다며
무례함을 모르는 무뢰한이
오히려 무례하다며 떼 지어 습격하니
주인 최택영은 부상당하고
그의 아들은
왜,
죽어야 하는지 모르고 죽었다고
여기 이렇게 한성순보가
피맺힌 울분 토해내고 있습니다

그런가 하면
아녀자는
되놈에게 판 물건 값 받기는커녕
여인이기에 당할 후환 때문에
말 못하고 전전긍긍하는

이런 일 막아주고 보호해야 할
환히 불 밝힌 궁궐에서는
노래하고
춤추고
술 마시며
밤마다 판소리에 잡가타령이
담 너머로 흐른답니다

여러분,
우린 언제까지
이렇게 당해야만 하는 겁니까
진정 우리를 도울 사람은
청나라가 아닙니다
일본도 아니며
서양 쪽 나라는 더더구나 아니지요

우리 스스로 일어서야 합니다
주위 둘러보세요

잘 모르는 땅 저쪽에서는
삶에 이로운 도구 만들어 쓰고
신무기 만들어 스스로를 스스로가 지키고
개개인의 인권 최우선으로 알아
비록 소수의 뜻이라 하여도
모두가 깊이 생각하고 존중한답니다

여러분, 지금도 늦지 않았습니다
늦었다고 할 때가
가장 빠른 때라고 옛 성인들은 말했지요
우리 모두 하나 되어
남이 넘보지 못하고
사람이 사람대접 받고 살아가는
그런 세상
우리 손으로
한번 만들어 보는 것이 어떻습니까

물러날 때 아는 것도 중요하지만

나아가는 시기도 잘 알아야 한다고 봅니다,
묵은 것 벗겨내고
새살
돋게 하려면
오백 년 조선의 역사 중
가장 무겁고 빠르게 할 때가 바로 지금이지요
늦으면 천 길 나락으로 떨어져
깊은 어둠 속 헤맬지도 모릅니다

존경하고 사랑하는 어르신네들이시여
눈은 앞을 향하여 바로 뜨고
귀는 크게 열어
넓고 넓은 새 천지로 나아갑시다,

지축 울리는 사자후에 박수가 쏟아지고
멀리 보이는 포졸 모습 뒤로한
우람한 체구에
믿음직스럽게 딱 벌어진 양 어깨

육 척 거구에 이마가 환한 사내가
헤진 짚신으로 사라져갔다.

2
산세가 아름다운 속리산 복천사에서 사흘간
학문 토론한 후에야
자신의 30년 독서가 가소롭다고
우암 송시열 입에서
자탄의 소리가 나오도록 한
젊은 학자 유휴柳休가 말 타고 유유히
가다서다 서다가다 하면서

돌다리 남쪽 가에
작은 시냇물 맑기도 하다
그대에게 묻노니
봄 구경은 어느 때가 제일 좋은가
아마도 꽃은 피지 않고
풀이 돋으려 할 때라고 하겠지, 하는 동안에

흐르는 세월에 얹혀진 발길은 벌써
임오군란으로부터 2년 뒤다

개화사상 품은 김옥균은 인재 양성만이
조선의 앞날 가늠한다며
벼슬아치에
구실아치
장사꾼과 당파
양반과 천민
서울 지방 가릴 것 없이
쓸 만하다 싶어 선발한 젊은이 61명을
일본 육군 학교와
경찰 우편 관세와 재정 가르치는
학교에 보내어 전문지식 공부케 하면서

서양은 하나같이 모두가 독립국인데
우리는 언제나 그들과 대등해지려는지, 하는
자신의 말 잊지 않도록 하니

주변 정세 알아보며 주경야독한 보람 있어
기간 내에 무사히 학업 마치고
귀국 시 배려한 일자리에서
때와 장소
물불
가리지 않고 수고하는 사이에
나름대로 일가견 이루어가고

시절은 어느덧
풍년이 노랗게 출렁이며
벼 콩 조 수수둥이가
무더기무더기 들과 마당에 쌓인

甲申年(1884년)
구월
열 여드렛날

사람 왕래가 드문 압구정동 별장이다

집주인 박영효를 중심으로
김옥균 홍영식 서광범에
중인신분中人身分 유홍기劉鴻基가 자리하고
온건 중립개화파
김홍집 어윤중은 보이지 않았다

불씨는 누르면 누를수록 깊숙이 숨어들지만
다가간 쏘시개엔
아낌없이
제 몸 나누어 주듯
이미 나라 위해 소신공양하겠다며
모임에 참여한 젊은이들은
이대로는 안 된다
명치유신 이후의 일본은
옛 일본이 아니다
우리라고 못할 것 없다

일본뿐만 아니다, 미국 영국 독일 러시아에

유럽 국가들이 정치방안으로 저마다 내세운
입헌군주제다
내각책임제다
대통령중심제다 하면서
놀랍도록 발전함을 똑똑히 보았다네

먹거리 앞에 까맣게 모이는 똥파리나
구더기만도 못한
민씨들의 썩은 정치 보노라면
지난 10여 년간 개혁에 큰 공 세운
대원위 대감이 그리워진다네

사실은 말이네 묄렌도르프에게
독일정부가
러시아라는 늙은 곰이
자기들 나라 넘볼 여유 가지지 못하도록
동아시아로 유인하라고 했대
그래서 민 씨 끼고 돈다는 거야

약 200년 전 병자호란 때
볼모로 끌려간 청나라에서 외국문물 익힌
소현세자의 원대한 꿈
오랑캐에 넋 앗긴 탓이라고
乙酉年(1645년)에
아버지 인조가 독살치 않았다면
아마 오늘의 현실은 없었을 텐데

금년 구월 초순 어느 날
청군의 난동이며
외국군에 수난당한 여인의 기막힌 이야기
불 뿜듯 외쳐대는 열대여섯 살 된
청년의 광통교 연설 때
더하거나 덜함 없이 폭로하는 것을 듣고
그간 감춰두었던 반청 감정이 폭발했는지
모두가 공감하는
좋은 호응받았다고 하더라고
화두의 불이 너무 뜨거웠나

오랜 침묵 뒤에 조용히 입 연 김옥균은

실은 내가 일본공사 만나
나라 개혁해야겠다고 하니까
돈과 병력 지원하겠다고 하더군
남은 건 때야, 라는 말에
다 믿어도
못 믿을 왜놈들 그들의 음흉한 속셈
잘 파악해야지 하는
조심스런 이야기가 있었지만

누군가가 거부할 수 없는 만 근 무게로
그래 하자
울부짖듯 외치는 소리에
말없이 머리 끄덕이는 여럿 모습이
촛불에 심하게 흔들리면서
산과 들 벌겋게 적시니
하늘땅이 하나로 만산홍엽滿山紅葉이다

3
동대문 밖 탑골 승방의 깊숙한 밀실에서
단 둘이 마주 앉은
박영효 이인종이
우정국청사 낙성식에 초대할 인사
선정을 마무리한 뒤에

임금과 독대한 김옥균이
청불 전쟁이며 러시아의 동진정책 등
국제정세 자세히 설명하면서
당오전과 묄렌도르프의 실책
사대당의 잘못과 내정 개혁의 중요성 설명한

甲申年(1884년)
시월
열이렛날 밤 일곱 시

우정국총판 탁자 주석엔 주인공 홍영식이

상객자리엔 미국공사 푸트
시마무라 일본서기관
청국 서기관에
독일인 묄렌도르프가 자리 잡았다
그 아래쪽으로는
박영효 김옥균 김홍집 등과
통역 윤치호가 자리하고
몇 순배 돈 술잔으로
웃음꽃이 담소로 이어질 때쯤

하늘 천天을 아시오, 하고 묻는 김옥균에게
요로시라고 한 시마무라 서기관에게서
거사의 눈빛 확인했지만
시간은 더디 흘러
밤 열 시에도 소식 없는 바깥동정에
휴 하며 숨 고르는 사이에

"불이야" 소리가 멀지 않은 곳에서 들린다

주위가 환해지면서 재빨리 빠져나가는 민영익이
충계로 다가설 즈음
날듯 다가간 그림자 하나가
민영익 이놈 네가 그 못된
왕비 민 씨의 조카렸다

지지난해의 임오년에 밀린 녹봉 달라는
당연한 요구
군란이라 이름 짓고
내 아버지 죽게 한 원수
오늘에야
그 빚 갚겠다며 품에서 빼어든 비수에
목 찌르기가 빗나가고
귀에서 볼까지
찢겨짐에 놀라 되돌아 달려 들어가면서

열대여섯 살 된 젊은이가
날 죽이려 했다는 한 마디에

모두 달아나고 우두커니 된 김옥균 뇌리에는
마지막 점검의 보름날

홍영식이 평지에서 낙마落馬하고
치솟지 않는 오늘의 불길은
포졸 순찰 강화에 따른 것으로
아직은 때가 아닌가 하면서도

일본공사관 확인하고
창덕궁의 김봉균 신복모 등
장사와 사관생도 40명이
금호문 뜰에 내려앉은 달빛 시리게 밟고
임금 내외가 머무는 침전에 오른

김옥균 박영효 서광범이
그간에 일어난 우정국의 변 아뢸 때
꽝 하는 폭발음이
들었다 놓는 밤하늘이 무서워

왕 내외며 왕세자와 승지에 궁녀
내시들이 도착한 경우궁에서는

이번 변 일으킨 사람이 누구냐
청나라냐
아니면 일본이냐
다그치는 민비 소리가
또 다시 쾅 하는 폭발음에 놀라 덮이고

외국과의 우호통상 체결할 때 제 잇속 챙겨
늙은 여우라 부르며 지탄받았던
한규직 윤태준 이조연이 제 발로 걸어와 있고
민영목 민태호 조영하를 도망쳐왔다며
즉석에서 놀란 혼이 구천 헤매도록 했으며

내시 유재현은 개화파 움직임을
임금 내외와 민씨들에 일일이 알려준
그 죄 고하게 하고는

끝이 날카로운 서릿발 금속성이 다가가는 순간
피 쏟으며 쓰러지게 했다

다음 날인
시월
열 여드렛날

삼천리강산 오랫동안 짓누른
어둠 걷어내려 만든
개혁안 14개조 기재한 조보朝報를
백성들의 동의 얻겠다고
역사상 처음으로 곳곳의 벽에 붙이니

- 청국에 대한 사대외교 폐지
- 인재의 등용으로 문벌제도 타파
- 어려운 국민생활 구제
- 군사 경찰 제도의 개혁
- 불필요한 관청 없이하며

- 국왕 친정 폐지 후
- 책임 내각제 설치,

정령 발표한 열 아흐렛날 아침
밖에서 울린
두 발의 총성으로
위안스카이袁世凱는 800명
우자오요우吳兆有가 이끄는 400명 청군이
돈화문과 선인문에서 협공하니

- 최후까지 싸우자
- 자주독립 위하여 청군淸軍 부수자
- 우리는 일당백이다, 아무리 외쳐보아도

적은 숫자로 많은 적敵, 당할 수 없는데
창덕궁에 청군 들어오고
김옥균 박영효 서재필 등은
다케조에와 같이 재빨리 빠져 나가고

사관생도와 홍영식 박영교는
북관묘에서 죽임당하니

탐스러운 꽃 피워
크고 우람한 열매
거둬보려던 개화의 꿈은
일부 역적들의 정변이라며
빛 보지 못한 3일 천하로 끝나고 말았다.

제 3 편

밟힌 지렁이 꿈틀거리고

곪은 상처 그냥 놓아둔다고 해서 치유되지 않는다. 그 안에 고여
있는 고름 없애야 새살이 돋으면서 온전히 생명 유지할 수 있듯이 임
금 내외의 풍류놀이에 밤낮이 없고, 벼슬을 사고 팔아 경비 조달하니
그 와중에서 고통받는 농민들의 어려움이야 빤한 것, 전라도 고부군
수 조병갑의 학정에 갑오년인 1894년 1월 9일과 같은 해의 3월 6일
그리고 9월 13일에 죽창 들고 일어서니 이른바 동학농민군이다.

한숨소리 깊어가고

1
태극이 갈라져 음양이 되면
밀고 당기어
생겨나는 사계절이

따뜻한 기운 피워 올리고
뜨거운 햇살이
열매 키워
긴 그림자로 세월 익혔다가
내일 위한 저장 있으니

봄은 낳음(生)이고
여름은 자람(長)이며
가을은 이룸(成)이니
겨울의 갈무리(藏)로
절기는 오차 없이 돌고 도는데

생성하다가 어느 땐가는 사라져가는
생물의 낳음과 죽음을 자연에서 살다가
자연으로 돌아간다고 하지만

보기에 아름답고 사랑스러운 꽃들도
시간 지나면서 시드는 것 보면
자연은 만물 만들되
제각각 생긴 대로 살아가게 하면서
어느 하나 특별히 배려하거나
더 사랑하지 않는 것 같다

세상에서 가장 친한 친구와 나눈 이야기에

'사람과 사람 사이에 차등 없으니
벼슬아치가
어찌
백성 위에 있겠는가
어진 마음 지닌 냉철한 일처리만이
사람들 기대에 부응할 수 있다네

곡식 한 톨 그것이 백성의 피땀이요
또한 한 올의 실이나
담장 위의 호박 한 덩이라도
백성의 노고에서 나왔음을
항상 기억하여
임금의 은혜 저버리지 말게나' 하고

영조 임금 시절에
지방 관장으로 떠나는
이용휴에게
친구 홍성이 써서 주었다는 글이

오랜 세월이지난 뒤인 지금에야 떠오르면서

즐거움만 있다는 듯 북치고 춤추고
소리하는 재인才人에 시정잡배들이
문경 새재는 왠 고갠가
구부야 굽이굽이 눈물이 난다
아리 아리랑 스리 스리랑 아라리가 났네
아리랑 으-응 아리리가 났네

청천 하늘엔 잔별도 많고
요 내 가슴엔 수심도 많다
(받는 소리)

원수야 악마야 이 몹쓸 사람아
생사람 죽는 줄을 왜 모르느냐
(받는 소리)

놀다가세 놀다나가세

저 달이 떴다 지도록 놀다나가세
(받는 소리)

아라린가 지랄인가 용천인가
사대육신 마디마디가 아리살살 녹는다
(받는 소리)

만경창파에 두리둥실 뜬 배
거기 잠깐 닻 주어라 말 물어보자
(받는 소리)

산천에 초목은 달이 달달 변해도
우리 둘이 먹은 마음 변치를 말자
(받는 소리)

세월아 네월아 오고가지를 말아라
아까운 이내 청춘 다 늙어간다
(받는 소리)

담 넘어갈 때는 강아지가 짖고
임의 품에 등께로 새벽닭이 우네
(받는 소리)에

좋지, 좋아하면서 밤샘이 일쑤인
임금 내외의 놀이에
탄식이 절로 나오는 날들이다.

2
민가閔家 아니면 사람이 아니라며
민씨 성 지닌 한다 하는 양반님네들
벼슬 팔아 뇌물 받고
벼슬 산 지방수령
벼슬 앞세운 가렴주구 곳곳에서 횡행하는

丁丑年(1887년)
칠월
스무 닷샛날

임금님이 탄생하신 생신일이다

경기감사 김명진이 올린
왜국 비단 오십 필에
삼실로 짠 황저포黃苧布 오십 필을
임금이
냅다 내동댕이치니

땅 꺼지고 하늘이 내려앉는 듯
천둥번개 내려침에 놀란
사위이자 승지인 민영환이
민망함을 숨기려
이만 냥 더하여
화 모면하는 세상이라서
큰 고기는 중간치
중간치는
잔고기 잡아먹고 살아가면서
어육魚肉되어 먹히는 것은 순한 민중이라

근심걱정이 가진 자의 노적처럼 쌓이는

壬辰年(1892년)
동짓달
초사흗날

삼례에 모인 삼천 명 동학교도들은
스스로와
온갖 만물을
하느님이라 하는 것은
사도난정邪道亂正이라 단정하며
41세에 대구에서 효수된
교조教祖
최제우의 억울함
전라감사 이경직에게 풀어 달라 했고

다음 해인 癸巳年(1893년)
이월

열 이튿날

손병희 김연국 손천민 등 사십여 명이
광화문 앞에 거적 깔고 앉아
교조 해원 상소하고

삼월
초열흘 날

보은군 속리면 장내리에 모인
이만 명 신도들과
교조의 신원 부르짖으며
전라도 금구에서 농성하니

전국 각지에서 민란이 일었지만
고집 센 재상 김유연
바른말 잘하는 우의정 조병세를 파직罷職한
임금님 마음 씀씀이에

닥쳐올 나랏일 염려한 하느님은

甲午年(1894년)
정월
어느 날 밤 임금 꿈에 나타나

무너져 내리는 광화문 보여줬으나
눈썹 하나 까닥이지 않고
전등불 아래의 아리랑 타령에
어깨춤 바람으로
고부 만석보 불씨는
뭉개 뭉개 번져가고 있는데

교주인 해월선사 최시형의 부름 받고
경기 경상 전라 충청도의
민심 동향 살피는
유복만의 아들 유동영은
한양 아래 과천 수원 안성 지나

청주의 무심천 건너니 동쪽은 소백산맥
남쪽은 노령산맥으로 둘러싸인
보은군 가는 길처
주막에서 흘러나오는 소리는

丙子年(1876년)
이월
초이튿날

일본 배 운양호 사건으로
잘못한 일 하나 없이 잘못했다고
손발 싹싹 빌며 체결한 조약에 따라
부산 인천 원산항
백 리 이내와
양화진과 서울이 문 열었지만

인천은 시흥 과천 김포에 강화도
부산은 기장 김해 명호 양산

원산의 안변 문천 일부가
되놈이며 왜놈 발자국에 짓밟혀
곳곳이 더러워져가면서
민심이 흉흉해졌다고 울분 토해내며

목숨 부지하기 위한 파락호 생활 참고 견뎌
제 손으로 앉힌 임금에게 버림받고
며느리에게 쫓겨난
대원군이

乙亥年(1885년)에 중국에서 왔다는데
지난 섭정 10년
그때가 그립구만 하는가 하면

진고개의 왜놈
남별영 자리의 짱꼴라
정동 양놈들 기고만장한 꼴이라니
콧구멍이 둘이였으니 망정이지

하나라면 벌써 갔을 거야, 하고 한숨 짓는

癸未年(1883년)
유월
초닷샛날

민영익 홍영식 서광범이
바다 건너 아메리카의 아서 대통령에게
넙죽 엎드려 절하고
넉 달 동안
넓은 도로의 자동차 물결이며
밤 환히 밝히는 거리의 가로등에
이곳저곳 돌아본 뒤
깨끗하고 좋은 나라라며
아름다울 미美자를 써서
미국이라 부른다만

乙酉年(1885년)

삼월
초하룻날

거문도 점령한 영국은
군함 10척에 군인 몇 백 명이 거주하다가
이 년 뒤인 정해년丁亥年
이월
초이렛날에야 철수했다네

또 있어
광산 전신 철도 산림벌채
어채권에 관세협정
내지통행에 연안해운이며 연안 무역권을
중국 일본에 몽땅 내주었지

청나라 횡포 막아줄까 하고 체결한
조미조약朝美條約
제1조에

조선에 대하여 - - - 있을 때
미국은 즉각 도와준다 했으나
똥 누러갈 때와 나올 때가 다르다고
이권 챙길 기회만 엿본다만

이권 판돈 손에 넣은
민비가
밤낮으로 놀이 즐기니
세상이 어떻게 되려는지 내, 원 참.

3
조선은 틀렸어, 암 틀렸어라는 탄식소리가
한 입 건너고 두 입 건너
번지는 방방곡곡에
따가운 햇살 쏟아져 내려
산과 들에 진초록 향기가 넘쳐나면서

떼 지은 붕어가 물살 거슬러 올라

풍년 꿈 심는 자리마다

여여여 하루 상사디여
여보시요 농부님네 이내 말 들어 보소
아하 농부들 말 들어요
남훈전 달 밝은디 순임금의 노름이요
학창의 푸른 솔은 산신님의 노름이요
오뉴월이 당도허면 우리 농부 시절이로다
패랭이 꼭지에다 계화 꽂고서
마구잽이 춤이나 추어보세
여여여 허루 상사디야, 의
농부가가
이쪽 논배미에서 울려 퍼질라 치면

여기다 놓고 저기다 놓고
방 고르게 심어를 보세
다 잘 허네 다 잘도 허네
우리네 농군들 다 잘도 허네

앞산은 점점 멀어지고
뒷산은 점점 가까워지네
날 오라 한다네 날 오라 허네
산골짝 큰아기가 날 오라 허네
청정미 차조밥에 세화젓 말아놓고
둘이 먹자고 날 오라 허네
헤헤 헤허허루 상사뒤야, 하고
저쪽 논배미가 응답하면

해맑은 웃음의 연초록에 진초록 물결이
배미, 배미마다 출렁이며
새소리가 바람결로 휘날리는

오월의 속리산 보은군 청산면 포전리
김연국의 집
맨상투에 허연 수염
흰 중의적삼 단정히 차려입은 60대 노인을
나이 스물의 훤칠한 장부

유동영이 모시고 나와 좌정하면서
맑은 향기가 가득 번지는 방

앞자리의 의암 손병희
다음 자리 손천민 서우순 서장옥 음선장
정석복 김자선 권덕범 조재벽을 바라보다가

그래 동경대전과 용담유사의 뜻
가슴에 고이 새기고 있겠지
예, 그러합니다 해월선사님 하는
모두의 대답에
암 그래야지, 장할 지고
몸과 마음 정결이 하여야 하는 법
내 다시 이르거니와

선천先天 운은 서학이고
후천 밝힘이 동학東學이니라
그러니 우리는 하늘님 공경하고

사람 공경하고, 하찮은 나무 한 그루며
풀포기 하나라도 까닭 없이
헤치지 말아야 하느니라

이것이 바로 경천敬天이요
경인敬人이요 경물敬物의 정신이니라

하늘이 사람이고
사람이 곧 하늘일지니
한울님 속이려 말고
거만하게 상대방 대하지 말 것이며
상하게 하거나
어지럽게 하여서는 아니 되고
죽게 하거나
더럽히지 말고
굶주리거나
허물어지도록
버려둠은 옳지 않으니

불안 없도록 하는 것이 평등이라
물건도 사람 대하듯 해야 하니
이를 곧 십무천+卅天이라 한다

우리가 먹고사는 한 알의 수수 알갱이 속에도
봄 꽃 내
여름의 천둥번개
가을의 넉넉함
겨울의 찬 서리와 눈보라 등
자연과 우주가 깃들어 있으니
하늘이 하늘 먹는 이치 아니겠느냐

출신지나 문벌보다
도덕적으로 한울님 되어
이상사회 꼭 만들어야 한다
수운조사 포덕문에 있듯
네 계절이 변함은 하늘님 조화인데
비와 이슬의 혜택

알지 못하는 자는 저만 위하니 이는 옳지 않다

혼돈의 오만 년은 이미 지났고
새로운 질서에 의한
새 오만 년 맞이하려면
말을 아끼고
행동 삼가하며
겸허와 겸손을 첫째로 알고
아는 체하거나 저 홀로 떠들지 마라

누구나 한 가지 재주는 지니고 있는데도
혼자만이 모든 것 다 아는 듯
잘났다고 으스대면
사람과 사람 사이에 알력과 경쟁이 생겨
서로 돕는 것은 사라지고
패자와 승자
너와 내가 보이기 시작하면서
원망과 미움이 싹 트며

종래에는 좋지 못한 일이 생기게 된다

어디에서 무슨 일 하드래도
누구를 위해서라거나
누구 때문이라 생각하지 마라

　　어디선가 뻐꾸기가 우나보다
　　마디마디 애절한 소리
　　뻐꾹뻐꾹 뻑뻑국을
　　방안 가득 채웠다가
　　뒷산 멀리 사라져 간다

예를 하나 들어보자
효자는 제 자식 탓하지 않고
자기 허물만 생각하며
시부모께 잘한 며느리는
제 며느리의 허물 들추지 않음이
또한 이와 같은 이치이며

내 부모와 자식이 중한 줄 알면
남의 부모와 자식 사랑할 줄 아는 것이
바로 대동사회이고

자기 어버이만을 어버이로 알고
제 자식만 자식으로 여기고
재화와 힘을
저만 위하여 씀을 소강사회라 하며
그 다음을 난세라 한다

불교의 부처님이나 서학의 천주
지금 말하는 한울님 모두
사람마다의 가슴속에 있어
나에게 주어진 일이 나를 즐겁게 하리니
결국 모든 것은 나를 위해 있는 것
회피하거나
누구 때문이라는 원망보다는
최선의 마음으로 임함이

올바른 삶의 길임을 명심해라

사람 위에 사람 없고 사람 아래 사람 없으니
티끌만도 못한 세상사
어느 한 부분 알고 있다고
남들 앞에서 잘난 체하지 말아야 하며
제 주장만 옳다고 우기지 말라
때로는 저주는 것이 이김임을 명심하여
다툼 없는 세상이 되도록 노력하기 바란다

나의 이 뜻 깊이 새기고
어느 때 어느 곳에 있더라도
덕을 밝게 하고 잊지 아니하면
지기志氣에 화하여 성인에 이른다는
侍天主造化定 不忘萬事知의 주문主文
쉼 없이 외우거라

금년 정월

탐관오리의 학정에 견디다 못해 일어섰던
전라도 고부군 도반들이
삼월에 또다시 일어났다 하니 걱정이다
경솔히 대처치 말고
모두 조용히 지켜보자꾸나.

백성 소리가 하늘 울리고

1
망아지는 태어나서 제주도로
사람은 서울로, 라는 말은 옛말 되고
아들 둔 자 모름지기
전라도 어느 고을
관장으로 보내야 한다고
한 입 건너고 두 입 건너 회자되면서

둥근달의 이욺이며
때 되어 져가는 꽃에

넘쳐흐르는 물의 이치며
생과 죽음의 윤회 까맣게 잊고
돈, 돈, 돈
돈에 붙어 다니는 검은 그림자로 인하여
해치는 건강으로
끝없이 추락하는 명예
더할 나위 없이 추해지는 몸과 마음의 몰골
어찌 모를 리 있으랴만

壬辰年(1892년)
사월
스무 여드렛날

드넓고 기름진 땅
전라도의 호남평야 중심지 고부군 다스릴
군수에 임명된 신관사또
조병갑의
부임 알리는 피리젓대 소리

여운이 채 가시기 전이다
옆 고을 태인 현감 지낸 제 아비
규순의 공덕비 세운다며
앞뒤 헤아리는 깊은 생각 없이
천 냥짜리 타작 동헌마당에서 열었고

먹어야 하는 목구멍이 포도청이라서
늙으신 부모님과 어린 자식
끼니 잇게 하는데 정신없는 사람
말없이 무단히 잡아들여
부모에 불효하고
형제간에 다툼한다고
볼기에 곤장 안기고는
뒷구멍으로 호박씨 까니
쌓이는 엽전만큼
치솟는 백성 원성 모르쇠하고

만석보萬石洑 아래의 불필요한 보

또 막는다며 품삯 없이 농민 동원하고
산의 나무 말없이 베어 쓰고
석산의 돌 가져가는 것도 부족하여
부역하느라 빠진 농민등뼈
보막이 돌로 가져다 놓고
찢긴 살가죽 버무려 둑 쌓고
한숨의 물길 따라
논배미 배미마다 피눈물 가득 채웠다

흰 눈 쌓인 배들梨坪평야
빈 논 허수아비는
푸르던 날의 꿈 잃고
헤진 옷자락에 배가 고프다 못해
허기진 몸으로 울어도

도둑보다 더한 군수 조병갑은 논 한 두락에
수세水稅로 나락 두 말
이 핑계 저런 이유로

협박하여 거두어들인 칠백 석 곡식
예동 두전 백산마을에 쌓아놓았다

戊子年(1888년) 가뭄이나 가렴주구 때마다
호랑이보다 더 무서운
관리 피하느라 묵는 논밭이
전라도 일대에 3천7백44결結이라고 말한
균전사 김창석은

백성 구휼한다는 명목으로 개간한 논밭에
5년간 없이한다는 세금
이리와 늑대 같은 나졸들 앞세워
추수 때 받아가고
없는 땅에 세금 내라 하니
이마의 골 깊어가는 농민들이다.

2
세금으로 징수할 때는 일등 쌀

한양으로 올려 보낼 때는 이등 쌀
차액 챙김도 부족했나 보다

이 야욕 저 핑계로 온갖 명목 짜내니
전운사轉運使 조필영은 수송비라며
한 섬에 서 되升
운반 중 쥐 양식으로 다시 서 되
또 생긴다는 부족량이 서 되
합계 아홉 되를
가외로 더 징수하여 제 뱃속 채우니

고부군 집집마다 굴뚝에서 솟는 연기마저
기력 잃어 맥없이 주저앉고
하늘이 더욱 낮게 내려앉는

癸巳年(1893년)
동짓달
겨울나기 호소하러 찾아온

전창혁 김도삼 정일서에게 곤장 30을 가하여
전라감영으로 이송하니
선화당에 높이 앉은 감사 김문현은

– 이런 고얀 놈들
– 고을 사또가 보 막아
– 농사짓기에 좋도록 했으면
– 물세는 내야 하는 것
– 무엇이 어쩌고 어째 못 내겠다
– 그것이 어느 나라 백성들 소리냐
– 이런 괘씸하기 짝 없는
– 천하에 나쁜 놈들
– 저놈들을 매우 쳐서 되 보내거라

장독仗毒 오른 전봉준의 아버지 창혁은
동짓날에 옥중고혼 되고
여러 사람들이 두 손 비비며
자식들과 한 끼의 밥 나누어 먹고

설날 차례 상에 조상님께 떡국 한 그릇
올리게 해 달라 빌었으나
문밖으로 쫓겨난 동짓달 그믐날

고부군 서부면 죽산리 송두호 집에 모인
전봉준 정종혁 송대화 김도삼
송주옥 송주성 황홍모 최홍열 이봉근
황창호 김응칠 황채오 이문형 송국섭
이성하 손여옥 최경선 등 20명은

자, 합시다, 무겁게 내뱉는 한 마디로
하얀 종이 위에
먹물 머금은 붓끝이 춤춘다,

– 고부성 점령하여 조병갑이 목 벤다
– 군기고와 화약고 점령한다
– 백성들 괴롭힌 자 엄벌한다
– 전주감영 함락하고 한양으로 간다

사발 옆 빈 공간 채운 서명으로
만든 사발통문
빙글빙글 휘돌고 싶은 듯
촛불 아래에서 흔들흔들 어깻짓 한다

영의정 조두순이며
경상관찰사 조병식과 친척이 되고
이조판서와는 인척관계로

壬辰年(1892년)
사월
스무 여드렛날
고부군수 된 조병갑이

다음 해(1893년)
동짓달
그믐날
익산으로 자리 옮기라는 어명 마다하고

甲午年(1894년)
정월
초아흐렛날

다시 고부 군수 되어 피우는 거드름에
사발통문 휘돌린 다음날
배들평에 모인 걸군乞軍 천여 명이
시글시글 왁자지껄 야단법석이다

있는 놈 배 터져 죽고
없는 놈 끼니 갈망 어려운
씨팔놈의 세상아 망해라
망해야 한다고 외치는 소리 끝나기 전에

- 지금부터 나 전봉준이 지휘한다
- 노약자는 빠져라
- 이탈자는 군율로 다스리고
- 오늘밤 고부성 점령하여

- 군수 조병갑이 사로잡아 응징한다

와아 하는 함성이 밤하늘 깨우고
죽창 쇠스랑 괭이
집히는 것마다 하나씩 추켜 든 다음날 인시寅時

옥중 양민은 석방했으나
없는 조병갑이 발길 더듬다가
만석보에 쌓인 울분 흘려보내고
창고에 가득한 보세미洑稅米
주인 찾아 돌려주었지만

개 눈엔 무엇만 보인다더니
안핵사 이용태는 민란 주모자 찾는다며
풀어 놓은 역졸
800명이 부녀자 겁탈하고
쓸 만한 재산마저 약탈하니
농민들 뼈마디에 아픔 또 하나 새겨 넣었다.

3
거꾸로 잡은 숟가락으로 밥 먹을 수 없고
바쁠수록 돌아가고
아무리 급해도 소나기는 피하고
빨리 먹는 밥에 체한다며
칼끝 피해
전봉준 손화중 등이 몸 숨긴
산과 들에 얼음 풀려
보리밭에 초록물결 일렁이고
새소리가 더 없이 고운

甲午年(1894년)
삼월
열엿샛날

무장현 동음치면 구암리
당산마을에
사람 모으니 4천여 명

스무날에 무장 떠나 고창에 흥덕 거쳐
고부군 점령한 다음 날인
스무 나흘날
전략지 백산에서 김개남과 같이하고
스무 닷샛날 띄운 격문에

- 모든 사람 도탄에서 구한다
- 탐학한 관리 머리 벤다
- 횡포한 무리 쫓는다
- 양반과 부호 수령방백 아래
- 고통받는 자여 일어서라

고추보다 더 붉게 외친 곳에
동도대장기 오르고
보국안민 제폭구민의 깃발 아래
일어서면 하얀 옷의 백산白山
앉으면 대창이 숲 이루어 죽산竹山 되는
중앙 지휘소 전봉준이 발표한

4대 명의名儀에

- 사람 함부로 죽이지 말고
- 충효로써 세상 구하여 백성 편안케 한다
- 척양척왜斥洋斥倭로 정치 바로잡는다
- 지위 높은 자는 없앤다, 는 소리에

가보세甲午歲 가보세
을미적 을미적乙未 하다가는
병신丙申 되어 못 가리니
오늘 아니 가고 어느 날에 다시 가랴
하고 모두가 외치니

높고 둥글게 뜬 달이 배시시 웃고
이르게 잠 깬 까치가
새아침 열어
동도대장기 휘날리면서
높고 낮은 길섶마다 불끈 쥔 두 주먹

앙다문 입술에서 이는 불길의 무리들이
으드득으드득 이 갈며 내뱉는
씨부난 놈의 쌔끼들, 소리가
짙은 안개 걷어가며
먼동이 번히 트이는가 했으나
때 아닌 천둥번개에
먹구름이 멀리서 몰려오고 있었다.

황소가 크게 웃고

1
소한小寒한테 뺨은 맞았어도
절기는 절기라서 대한大寒 지나가고
양지쪽 지푸라기 끝자락
다슨 바람으로 어르는
입춘의 마디가 외치는 봄 소리에
앞마당 병아리는 종종걸음 치고
햇살 내려쌓이는 담장 아래
흙 입김이 하얗게
둥글둥글 동그라미 그리는 날

밭두렁의 쑥 해맑은 웃음이
대지 촉촉이 적셔주다가
시냇물 따라 흐르고
논배미 배미가 넘치도록
둑새풀이 풀어놓는 살풀이춤이며
참새 솟아오름에 놀란 장끼의 재채기로
백목련 웃음이 하얗게 열려
톡톡 터트리는 앞산 진달래 망울
연분홍빛 미소가 고운

고부군 예동 마을 좁은 사랑방에
끼어있고
포개져 앉은
동네 젊은이들
어림잡아 삼십 명은 족히 넘나보다

못 먹고 맥없이 시달리던
얼굴에 핏기 돌면서 불끈 쥔 두 주먹에

감추지 못하는 흥분의 숨소리
자욱한 담배연기 뚫고
누군가의 격앙된 목소리로 흐르니

어떡할 거야
우리 모두
이대로 꺼꾸러질 거야

아니지
그럴 순 없지

그럼
일어서

누가 먼저랄 것 없이 박찬 자리다
바람이 놀라 펄럭이고
치켜든 주먹이 허공 밀어 올릴 때
빙그레 웃는 해님이 날려 보낸 솔잎 냄새가

돋은 이마의 땀 걷어가며

났네 났네 난리 났네
차아암 자―아알 되었네 하며
벼슬아치의 세상
얼른 망하지 않음을 한탄하였다

죄 없는 죄명으로 곤장 아래 엉덩이 터지고
팔다리 부러지고
마빡 깨지고
허리뼈 동강난 얼굴들이
전생의 업業이 얼마나 좋아야
난리 만난단 말이냐고 모두 외쳤다

오천 년 내내 슬은 가난의 녹 벗기며
서러운 과부의 개가 길 막고
적자 서자에
빈부귀천 따지는 관습 깨뜨려

사람이 사람다워지자고 너나없이 외치며
제 핏자국이 선명한 몽둥이
화전뙈기의 쇠스랑
앞밭에 내팽개친 괭이며
느티나무에 걸쳐놓은 황새목 낫
뒤란 대숲의 죽창 들고

삼사 일이면 되겠지 하면서
맨상투에 중의적삼 걸쳐 입고
가족과 인사 한 마디 없이 떠나온 길
어언
열흘이 넘는다,

매화 진 자리에 열매 열려
바람은 다습고
산봉우리 철쭉이 산불 놓는

삼월

스무엿샛날

봇물 터진 함성이 천지 울리며
태인 거쳐 흙먼지 길에서 방향 바꿔
부안의 성황산에 잠시 머문
농민군은

사월
초이렛날

언 땅 뚫은 풀잎이 푸르고
개구리 소리가 천지에 자지러지며
나뭇가지 새잎이 초록으로 손짓하는
도리깨 명당의 황토현
능선 셋에
부대部隊 하나씩 배치했다

이슥한 밤이 자정에 가까워지면서

양쪽 봉우리 불은 지친 듯
잠에 취해 떨어지고
가운데 불씨마저
졸음에 겨워 감기는 것 보면서
누군가가 기습하자는 소리에
까짓 오합지졸들
병법 어찌 알리 하면서
외친 돌격 소리가 채 가시기 전이다

하늘땅 들었다 놓는
징 꽹과리가 일제히 울어대고
쏟아지는 화살로
전라도 감영 군인에 보부상
2천여 명은 성난 농부의 낫 아래
잡초이듯 쓰러지고 말았다.

2
승자의 기쁨 만끽하는 무용담을

나뭇잎이 푸른 바람으로 풀어놓고
새소리가 화답하는 자리다

짓눌리고 착취당하고
괴로움만 안겨주던 관군 부수었으니
수백 년 안고 온 가슴속 응어리
풀어헤친 농민군은
정읍 고창 영광 함평 거쳐
녹음 짙고 접동새가 피멍울 토하는

사월
스무 사흘날

장성의 월평장터 삼봉三峰 아래 점심자리다
헝겊에 싼 주먹밥 굵은 소금에
장난기가 일었나 보다

여기 이렇게 예쁘게 잘 싼 도시락은

김참봉 댁 예쁜 따님이 마음 쓴 솜씨지만
저 돌쇠 놈 것은
이초시 댁 소실 곰보가
둘둘 말은 거라서 구릴 거야

저 자식이 뭘 몰라도 한참 모르고 있고만
사람은 저 잘난 맛에 산다더니
야, 이 자식아 얼마나 못된 짓 했기에
네 주먹밥 만들면서 퉤퉤 가래침 뱉더라
제 똥 구린 줄 모르고

서로 간에 웃는 얼굴로
두어 번인가 밥 베어 씹는 사이로
대포 소리가 쾅쾅
밥 먹는 가운데에 떨어지며
나둥그러진 사오십 명 죽음 앞에
분노가 불꽃처럼 피어올라
죽여라 죽여, 썩을 대로 썩은 벼슬아치며

사람을 사람으로 알지 않는 갓 쓴 양반
민비와 그 족척들
죽이라고 외치는 불길에

주검 된 삼백여 명 관군자리 홀로 지키는
대포 두 문에
양총 일백 정 노획하고는
우리가 관군 부쉈다
한양군사 깨뜨렸다

제폭구민 보국안민의 깃발
돌려라 북으로, 라고 외치며
갈재蘆嶺 넘어 내달린 농민군은
스무 엿샛날
금구현 금산면의 원평院坪에서
선전관 이주호 붙잡아 치죄하고

지니고 온 관군 위로용 돈 일만 냥

넓은 장터에 풀어놓으니
멍에 풀린 황소가 웃어 제끼고
털 벗은 돼지머리는 뱃살 거머쥐고
넋 놓아 헤헤거리다가
터져버린 순대에서 쏟아진 양념이 수북하다.

3
보리이삭 푸르고 보릿고개는 절정에 이르러
집집마다 빈 독 긁는 소리 들리는데
쌀밥 고봉으로 퍼 올린 것 같은
이팝나무가지 하얀 꽃이
허리춤 조이게 하고
뻐꾸기가 온 누리 초록으로 물들이는

사월
스무 이렛날

전주의 남서쪽 용머리 고갯마루

여명 사이로 어렴푸시 보이는 긴 성곽에
위압적으로 솟은 풍남문은
농민군의 함성에도 요지부동이었으나
패서문沛西門 안쪽
설움 받던 백성들 외침이
도망친 감사와 판관 대신하여
정오쯤 성문 열어 맞아들인 전봉준이
선화당에 좌정한 그날 밤
서로의 노고를 묻고 위로하는데

순조 30년 庚寅年(1830년)
남문에 메어단 동종의 웅장한 자태가
압박과 설움의 해방을
목멘 소리로 알리는 그 아래

양반 그것 별거 아니더라고
지닌 것은 똑같고 생김새도 다름이 없는
자칭 선비라는 우리 동네 조 생원

4대째 관직에 나아가지 못했는데도
제가 어디 벼슬살이라도 하는 것 같이
뒷짐 진 팔자걸음에
눈뜨고는 볼 수 없이 으스대는 꼴이라니
요즈음 말로 진짜 웃기는 모습인데

삼월
스무날 밤

제 집 사랑방에서
젊은 계집과 떡 쳐 대는데
단대목의 대장간마냥
풀무질 소리가 천지진동할 즈음

문 확 밀치고 들어가
네 이놈 하면서
조선낫 힘껏 휘두르니
위험 앞의 파리새끼 마냥

무릎 딱 꿇고 두 손 싹싹 비비더라고

당하고만 살아왔으면서도
무슨 부처님 가운데 토막이라고
잠깐 한 발 물러난 사이에

같이 있던 계집은 나 몰라라 하고는
갓 벗고
망건 팽개치고
호패마저 버리고는
좆 빠져라
달아나는 꼬락서니라니

혼자 보기는 정말 아깝더라는
어느 사내의 장난기 어린 너스레에
모두가 붉어진 얼굴인데

흰옷의 여인들은 우리는 하나 되었다고

화톳불 주위를 서로서로 손 맞잡아
덩실덩실 빙글빙글 돌면서
누가 먼저랄 것 없이 부른다

진양조의 강강술래를

술래술래 강강술래 강강술래
술래술래 강강술래 강강술래
달떠온다 달떠온다 강강술래
동해동창 달떠온다 강강술래
팔월이라 한가위날 강강술래
각시님네 놀음이다 강강술래

흥이 오르니 중모리다

오동추야 달은밝고 강강술래
우리님 생각절로난다 강강술래
임아, 임아 놀리지 마라 강강술래

너 줄라고 해온 버선 강강술래
너 안주고 누구 줄까 강강술래

자진모리로 몰아붙이는디

술래술래 강강술래 강강술래
강강좋다 술래돈다 강강술래
발맞춰서 뛰어간다 강강술래
곁에사람 보기좋게 강강술래
먼대사람 듣기좋게 강강술래
억신억신 뛰어가세 강강술래.

제 4 편
뭉그적뭉그적에 날은 가고

많은 사람을 지휘통솔하면서 지녀야 할 기본적 덕목인 仁과 德은 물론이지만 때와 장소 주변상황에 따른 소위 용병술이라고 하는 정확한 판단과 결단력은 필수요건이라고 할 수 있을 것이다, 단 한 번의 잘못으로 모든 것이 순간적으로 물거품 되는 것을, 살아가는 동안에 적지 않게 경험하듯이 인간의 생사와 승패를 가르는 싸움에서는 나아가야할 때는 나아가고 때로는 권모술수도 요구된다고 보아야 할 것이다.

뭉그적뭉그적에 날은 가고

1
색색의 봄꽃 향기가 춘심 자극한
간밤 동품同品이
무척이나 흡족하게 이루어졌었나 보다
부스럭부스럭
몇 번인가 뒤척이다가
벌거벗은 알몸으로
거친 숨결 억수로 쏟아내던 일
즐겁게 끝내고는
손가락 하나 까닥하기도 싫은

절정 뒤의 나른함이 잠든 자리에
외치는 다급한 소리가
아득한 저쪽
극락세상에서 울리는가 했으나
문밖 벌건 냇내에
부산스런 발길의
단말마적인 소리 "불이야"에
놀라 내달려오니
맨몸의 마님에
고쟁이 걸친 나리라더니

甲午年(1894년)
사월
스무 이렛날

전주성 주인 위세는 어디에 두었는지
찢기고 부풀어진
헤진 옷으로 첩장인에 쫓기듯

떠났다는 전라감사의 행적에 쓴웃음도 잠시
삼십 리 지점 금구에 다다른 관군이
내일 오시쯤
성안으로
포탄 쏘아댈 텐데
오합지졸에 무기 없는 우린 어떡하나 하는
걱정의 한 밤이 지나고

용머리고개 남쪽 산중턱에 자리한
관군 본영은
눈 아래에 전주성 두면서
성 밖 민가에 지른 불 끄려는
농민군에 총 쏘아대니

눌리고 짓밟힌 백성들
입에서 입으로 전해져 내려오던 구세주
아기장수가 쓰러진 초록바위 적시는
벌건 놀에 소스라쳐 놀란 백로가

허공 가득 슬픔 하얗게 흩뿌릴 때

누군가가 전주천 찾아
고구려의 웅지 이으려던
견훤 대왕 발자국 더듬는 동안
잠시 서걱거리던 모래는 지금도 말이 없다,

오월
초하루부터
사흘간 맞붙은 싸움에서

죽고 상하는 사람만 늘어갈 뿐이라서
우선은 아산으로 상륙한 청나라 군사며
인천으로 들어온 왜군 모두를
제 나라로 돌아가게 하자며
합의가 이루어져 만든 폐정개혁안 27개조는

– 탐관오리의 처벌

– 삼정三政의 개선
– 불법부담금의 금지
– 대원군의 국정참여
– 외국인의 부당한 상행위 금지를
명문화하여 임금께 올린다는 약속이 성립된

오월
초여드렛날

동문과 남문 나서는 농민들은
농사짓는 것이 농심農心이라
꿈은 벌써 고향 논밭에 가있었다.

2
동상이몽이라더니
우선은 내란의 소요 없이하고
중국과 일본의 병정
제 나라로 되돌아가도록 하면서

깊숙이 뿌리내린 동학 어루만지려는 조정과

그 무슨 씨알머리 없는 소리
이번 기회에 우리 교조
최제우의 억울함 풀어드리고
경천敬天
경인敬人
경물敬物과
십무천十毋天의 정신으로
자자손손 이어갈 후천 오만 년
솔선하여 맞아들여야 한다는

속셈이야 서로 다르지만
조정과 전라감사 김학진의 승인으로
동학 접주에 고을 집강執綱 맡기니
환웅의 개국 이래 처음으로

농민에 의한

농민을 위한
농민의 정치하려고

– 못된 관리와 부호, 양반의 엄징
– 천민 해방과 노비문서 소각
– 과부의 개가 허용
– 잡 세금 폐지
– 지역이나 문벌 없는 인재등용
– 토지는 평균으로 분작한다는
폐정개혁안이 세워지고

갑오년 농민봉기가 있게 한 국가 오적 중
고부군수 조병갑은 도망치고
면직된 전라감사 김문현에
김창석 이용태는 멀리 유배됐으며

전운사 조필영은 농민군에 붙잡혀
달랑이는 씨앗망태 앞세우고 돼지우리에 갇혀

꿀 바른 살가죽에 햇살이 간질거리며 놀고
파리모기 달라붙고
나뭇가지에 거꾸로 매달려
수탈한 수만 금 밤낮으로 지키는데

아직도 잠에서 깨어나지 못한 굴속 곰 같은
순천부사 이수홍
고부군수 양선환이
농민들 곤장 얻어맞았고
여산 부사 김원식이 피살된 이후
흔적 감춘 탐관오리지만

갓 쓴 양반 농민군이 욕하고 조롱하면서
양반 처녀와 혼인하거나
마음에 없는 결혼하도록 하니
사족士族과 여염집이며
평민들 집에서조차 약속한 3일 내에
어둑한 골방에서 조용히 켠

혼례촛불 앞세우고 길 떠났다

역졸과 재인 백정의 천인賤人부대와
땅 없는 농민과 포수 등 행동대는
옛 주인인 양반 매도하는
토호의 징치로
지혜와 덕망 있는 인사가 숨어
농민군은 앞으로 나아가야 할 좌표를 잃고
민심은 이미 멀리 떠나
휘도는 찬바람이 역연한 날

구례서당 훈장이며 당대의 문사인
김제 출신 석학碩學 이기李沂
호는 해학海鶴
자는 백증伯曾의 방문 소리에 놀란
전봉준이 맨발로 달려 나와
어서 오시오 해학
이렇게 들러주시니 영광이요, 하며

마주하여 읍揖하고 좌정한 자리다.

3
표정이 어두운 이기는 벌레 씹은 표정으로
무언가 단단히 할 이야기가 있다 싶은데
주위 사람들 눈치는 아랑곳없이
거두절미 단도직입적이다

이보시오 해몽海夢
쇠뿔은 단김에 빼라는 우리 속담
모를 리 없을 텐데
이렇게 하고 있다니 정말 한심한 일이요
지금쯤 금강 지나
한양 주변
한강 나루 어디에서
전열 정비하고 있어야 할 농민군이
편안히 전주에 있다니
도시 알 수 없는 일이요

농토가 비옥하고 넓어 농사짓기 좋고
서쪽바다 풍부한 해산물에
쌀과 보리의 오곡 등 먹거리 많아
인심이 순후하여 살기 좋다는
예서
아예 여생 마칠 셈이오

　　허허 예나 지금이나 성질이 급하긴
　　천리 길도 한 걸음부터라고
　　여기서 한양까지 딱 천립니다,

가만히 있을 이기는 아니다
내친김에
보고
듣고 느낀 바
모두를 쏟아부으려는 듯

여기저기 병영이나 길가에서 듣고 보았소만

아무리 정규군이 아니라 해도 그렇지
복장에 지닌 무기가 그렇고
여기저기 기웃거리면서
지나가는 사람이며 주민 누구를 불문하고
밥과 옷은 말할 것도 없고
돈까지 달라는 망동에 속이 많이 상했소

군율에는 위계의 질서가 있어야 하고
주민 피해가 없도록 해서
얻은 천심으로
천하대세 논하는 것 아니오
병서 읽은 분이 왜 이러시오
지형지세에 따라
군사 부리고
나아감과 물러감에
때가 있음을 모를 리 없거늘
농민 구한다는 게 언젠데
무기는 없고 기회마저 잃으면서

무엇을 어떻게 하겠다는 건지
원, 쯔 쯔

팔도 보부상褓負商이며
백정의 별초군別抄軍
기름 장사의 수초군水抄軍
종이 쟁이 모임인 산초군山抄軍에
무당 남편의 향병鄕兵보다도 못해요

총부리 맞대느라 여념 없는
청일 양군 버려두고
농민군에 사대문 열어 주어야 한다는
조정대신들 논의가 있다 하니
서울 갈 기회 지금 아니면 없을 텐데
무얼 못 잊어
이리 꾸물댄단 말이요

마지막으로 하나 더 양반과 유생을

끌어안고 보호하여 같이 나아감이 어떨까요,
누구와 더불어 앞일 의논하고
험난한 난세 헤쳐 나아가려 하오
식자識者 포용하여 어르고 달래면서
받아들임이 좋다고 생각되오,
지켜보면서 아니다 싶으면
해몽과 내가 총부리 마주하는 일이 있어도
물러서지 않으려니 그리 아시오

　　하하하 보신 바를 부인하지는 않겠소,
　　군사 일은 남원 김개남 장군
　　그를 설득 해주시오
　　내 편지 써 드리리다

허허 이보 해몽 중국 후한의 삼국지 알지요
유비가 오늘날까지 회자되고 있음은
의형제인 관우나 장비가 있음에도
초가에서 천하를 셋으로 나눈

모사 제갈공명을
삼고초려로 얻은 까닭이 아니겠소
그런 선례 어찌하여 따르려하지 않소

되짚어 나오는 이기의 이마 스쳐가는 예감은
해몽海夢이라
이번 일이 바다 가운데의
한낮 꿈이란 말인가, 하는
의구심 떨쳐버릴 수 없었다.

늦바람이 드세구나

1
틀림없다는 옛말 가운데
군자는 절교하여도
상대방 험담치 아니하고
충신은 나라를 떠나도
나만의 명예
지키려 하지 않는 것이니
하고자 하는 일이나 더불어 하는 일이
돈과 명예가 된다 해도
예禮가 아니거든 보지 말고

듣지 말고 말하지 말고 움직이지 말라는
옛 성인 말씀이 새삼 생각나는

오월
초이렛날

농민군이 점령하고 있는 전주에서는
상호간에 실익이 없고
우선은 나라가 있어야 한다며
관군과 농민군 사이에
화약이 성립되어 조용했으나

조선 조정의 지원 요청에 의한 것이라며
1,500명을 이끈
청나라 제독 시에즈차오葉志超가

갑오년
오월

초이튿날
인천에 도착하였고

사흘 후인
오월
초닷샛날

청나라 총병總兵 셔스청攝士成과
910명이 아산만에 상륙하니

같은 달
초엿샛날

천진조약에 있는 규정이라면서
일본공사 오도리大鳥圭介와
420명 육전대에 대포가 네 문

열 사흗날에는

군함 2척의 3,300명이 인천에 상륙하니
남산에 있는 왜성대倭城臺
대포 다섯 문이
눈 부릅떠 경복궁 노려보면서

이제는 떠올리기에도 온몸이 진저리 쳐지는
임진란 이후의 한양은 또 한 번
일본군 군홧발 소리로 채워져 가고
웅성, 웅성거리는 민심

왕이며 왕비 조정 중신들마저
어루만져주는 이가 없었다,
일본의 내정개혁 요구에 반딧불이도 빛 잃은

유월 스무하룻날
자정

달빛 찢어발기려는 듯 예서제서의

콰쾅 꽝 소리에 당한 광화문 수비병이
분수처럼 쏟는
붉은 피 사이로 내달리는 일본군 보면서

둥구나무 아래 나이 드신 어른들께서는
허, 허 지난 십여 년 전
갑신년정변(1884년)이로고, 소리가
놀란 박쥐 등에 얹혀져 가고

종묘의 신주와
임금의 침전
왕궁 수비 임무 맡은
기영병箕礬兵이 임금 구하려
궁궐 에워싸는 것 보고

― 너희 뜻은 가상하다
― 그러나 지금부터 무기 놓아라
― 어기는 자 항명으로 다스린다, 에

재 너머 거리로 통곡하며 사라져가고

남진하려는 러시아 견제하여야 함을
가슴 깊이 묻어놓고
새로이 일어나는 나라
일본 이용하여
이권 챙기기에 바쁜 미국과
영국 프랑스 독일은
독립보장과 보호라는 허구의 탈 벗고

호랑이와 사자 싸움 즐기다가
힘에 겨워 헉헉거릴 때쯤
지금이 기회라고
총 한 방에
두 마리의 짐승 모두 잡겠다는
사냥꾼 본색 드러내는

甲午年(1894년)

유월
스무 사흗날

아산만 풍도 앞바다에 정박한 청나라 군함에
다가온 줄 모르게 다가온
일본 군함에서 울린 쾅 쾅 소리에
청일전쟁이 시작되면서

도망치는 제원호
부셔져 내리는 광을호가 말하듯
오늘의 청나라는
스무엿샛날
성환 싸움에서도 패퇴했으며

칠월
그믐날

아산을 통째로 내어주고

이리 쫓기고 저리 내몰리면서
큰 소리 한 번 제대로 쳐보지 못하고
모기에 불알 물리듯
작은 섬나라 일본에 흠뻑 깨지면서
팔다리가 부러져 힘 잃은
청나라 벗어난 조선 조정에서는

스무
닷샛날

김홍집 신내각에
군국기무처가 신설되어

– 문벌과 반상제도의 혁파
– 공사노비법과 문무차별의 철폐
– 역마 창우 피공 등 면천
– 연좌법 폐지
– 조혼금지

- 과부의 개가 허용 등

농민이 일어나 농민의 뜻 잘 아는
농민군이 마련했던 내용을
갑오경장甲午更張에서 다시 내어걸었다

제 나라 제 땅 놓아두고
남의 땅 조선에서 제 마음대로
일본은 중국에게
중국은 일본에게 선전포고하고 싸운

팔월
초사흗날부터
열이렛날까지

서로가 총부리 마주하고 싸운 평양에서
일만 명 청군은 공격다운 공격으로
한 번도 맞서보지 못하고

거시기가 나오도록 흠뻑 두들겨 맞아
멱살 잡히고 내팽개쳐진 자리에
널브러진 주검이며
포로
그냥 두고 떠난 뒤인

구월
열이렛날

북양함대 주력 군함 다섯 척은
서해 갯벌에 묻히고
압록강 건너
안동에 주둔해 있던 일본군은

시월
초아흐렛날

만주에 있는 고구려의 옛 안시성 터

봉황성 떠나 발해만 헤집고

다음 해인 乙未年(1895년)
사월
열이렛날

중국과의 싸움에서 승리한 대가로
요동반도와 대만
팽호열도 얻었으며

청은 조선이 자주의 나라라는
조약에 도장 찍고서야
위기에서 벗어날 수 있었다.

2
이른 봄철의 가뭄
한여름의 비 부족으로 인한 근심걱정
마치 하느님은 알고나 있다는 듯

바람 일고 먹구름 몰려오면서
전라도 집강소 소식이
물결로 번져나가는

구월
열 사흘날

전라도와 충청도 잇는 만경강 지류
한내 가에는 머물 곳 있고
너른 들에 있는
사통팔달의 길이며
역말이 있어 오가는 이가 끝이지 않는 삼례에
동학군의 남접南接 임시 대도소大都所가 있어

진안의 문계팔 김영동 이종태
금구 조준구
전주는 최대봉 송일두
부안의 김석원 김세중에

전봉준 손화중 최경선 등이
눈과 눈의 대화 끝내고
재봉기 알리는
격문
전라도 53개 군현에 바람으로 휘도니
모이고 모인 동학농민군
4천 명 넘을 즈음

총대장에 전봉준
총지휘 손화중 김덕명
적의 남해안 침투 방지와
집강체제 유지를 최경선이 담당하니

농기는 어느 사이
보국안민의 깃발로 펄럭이고
어디서 본 듯한 얼굴들이
서로서로 비빈 환한 눈물자국으로
올 것이 왔다고

아니 진즉에 꼭 왔어야 한다며
부대끼고 욕먹고 끼니 굶어
핏기 없는 얼굴에 웃음꽃 피우며

밝은 해 떠올려 보자는
전야제에 모인
상쇠의 꽹과리가 앞서서 길 열고
장구 북 징소리가
지난날의 서러움 풀어헤치며
길 군악 행렬로 이어지면서

전봉준의 부탁으로 보은군 내속리면 장내리의
북접 대도소大都所
교주 최시형 찾은
오지영 김방서 유한필 앞에
김연국 손병희 손천민 등이 내민

– 호남의 전봉준

– 호서의 서장옥은 국가의 역적이고
– 사문난적斯文亂賊이다
– 도道로서 난亂은 불가하다
– 빨리 공격하자, 에

우리는 개인의 욕망에 의한 거사가 아니라
동학으로 국가의 화 제거하려니
허락하소서, 하는 이야기에
통유문 거두고 벌남기伐南旗 꺾어
남 북접 연합전선 이뤄지고

구월
초여드렛날
모인 만여 명의 북접군 향하여

– 인심이 천심
– 동학도인은 전봉준과 협의하여
– 교조의 억울함 풀어드리고

– 우리 도道의 뜻 널리 실현하자

유동영이 섭렵한 남접 동향 전해들은
교주 최시형의 훈시가 끝나고
손병희는 북접군 통령이 되었다

시월
초엿샛날

한 달이나 머문 삼례 떠나는 전날 밤
찬물 한 그릇의 소반 둘러선
표정들이 엄숙하다
숨소리마저 죽인 가운데에 단정히 꿇어앉은
전봉준은
하얀 종이에 빼곡하게 담겨진
모두의 소망 차분히 읽어 내려가니

유維

세차歲次

갑오년甲午年
시월
초닷새 삭朔

유명 조선국 전라도 사람 전봉준
삼가
백성들과 함께 황천후토皇天后土께 고하오니
먼 옛날에 이미
저의 조상으로 점지해주신
단군 임금이 신단수 아래에서
최초로 나라를 연 이래

평화와 서로를 사랑하는 마음으로
위아래로 하얀 옷 입고
열심히 일하여 거두어들인 곡식
서로서로 나누어가지면서도

말씨와 생각 행동이 각기 다른 나라나 민족
간섭하거나 괴롭힌 일이 없는 전통
오늘에 이어오고 있습니다만
요 근자 바다 건너 먼 곳
미국 영국
프랑스와 러시아 독일 등
소위 강대국이라는 오랑캐들이
개 눈엔 무엇만 보인다더니
저희 넘보면서

중국은 우리를 자기들 속국이라 하고
예로부터 음흉한 도적으로
도와주고 가르쳐 준
은혜 저버린
왜놈 그림자가 또다시 이 땅 뒤덮는데도

벼슬을 돈으로 사고파느라
바깥일은 나 몰라라 하고 유희에 취한

왕과 왕비가 오불관언하는 사이에
스며든 거짓과 사악함으로
백성들의 삶은 더욱 더 어려워지고
거둔 곡식 벼슬아치들에게
무단히 빼앗기고 있습니다,

벼슬 매수한 관리는 투자한 만큼
이자 붙인 본전 뽑으니
이름만 관장일 뿐
하는 짓거리는
개처럼 냄새 맡고
파리같이 핥고 있으니
나라 안에 성한 것이 없습니다,

끼니갈망 어려운 저희 같은 사람은
고픈 배 졸라매고
사는 날까지 열심히 살아보려 했으나
삶은 갈수록 어려워져

마지막이다 하는 심정으로 벼슬아치들
썩은 상처 과감히 도려내고
새살 오르도록 하렵니다

자기에 불리한 말 아예 들으려 하지 않고
미친 사람이라 비웃으니
전해오는 미풍양속은 허물어지고
좋은 마음씨 잃어가면서
있어서는 아니 될 일
보고 들어도 말하지 않음이 습관화되어

위태로워도 붙잡지 아니하고
넘어져도 부축치 못하는
이웃이라면
있다 해도 쓸모없는 것이라서
이제는 누구와 더불어 상의할 사람마저 없으니
바라건대, 사람이 사람답게 살려는
저희에게 지혜와 날램 주시어

서로가 서로를 아껴서 살아 나아가는
용기와 힘 가지도록 도와주소서

뜻 이루어지는 날
하늘땅에 감사의 마음 올리는 일
결코 잊지 않으려니 오늘의 이 자리
소홀타 꾸짖지 마시고
흠향歆饗하소서
상尙
향饗

시월
열엿샛날

모두의 소망으로 하나가 된 남북접이
논산에서 여섯 살 위 전봉준은 형이 되고
손병희가 아우 되어 맞잡은 손으로
모인 동지들 환호에 답하고

세성산 공격조
남서해안 침투 저지조
공주성 포위 공격조
후방침투 봉쇄조 편성하니

목의 가시 같은 농민군 소식에 놀란 일본군은
진압병력 2,000명을
세 갈래 길로 떠나보내는 용산에서

- 동학당 근거지 뿌리를 캐야 한다
- 우두머리의 생포와 문서수집
- 일본군은 조선군 지휘하고
- 조선군도 일본군율로 다스린다
- 함경도 평안도에서 몰아내려
- 끝장내는 곳 전라도 남해안이다

시월
열 사흘날

정예군으로 편성된 선발대는 떠나고
물결 거세지는 전라도 순천
앞바다의 군함 두 척
축파築波와
조강操江호의 총구가 눈 부릅뜨고 있었다.

오호라 슬픔이로다

1
추수 끝나고 외로운 허수아비 그림자에
쌀쌀한 바람으로 낙엽 쌓이는 시월 중순
논산 풋개에서 나뉜 북접군이
대오 정비하고 떠난 닷새 후인

시월
스무 하룻날

이인에서 관군과 싸워 패한 시각이다

계룡산 아래 역말 경천점 남접군은
쇠봉 기슭 삽짝골에 머물며 옷 짓고

고기 먹은 쇠가죽으로
가벼운 솥 만들어 지은 밥
배부르게 먹고
능치로 달려간 세 갈래 부대는
깃발도 사람도 보이지 않는 능선
단숨에 짓밟는다며
총알이 몸 피해간다는
하얀 백지에 붓으로 쓴 부적
릉릉乙乙을 가슴에 지니고
징 꽹과리며 나발소리에 함성 울렸으나

능치며 시야산
효포다리에 시신 남겨두고
경천敬川으로 물러나니
만 명 중 겨우 살아남은 삼천 명과

후방의 충원 병력으로 조직 재정비한

동짓달
초아흐렛날

우금치 오르는 농민군에게 일본군은
콩 볶듯 우드드득 우드드득
기관총 쏘았는가 하면 금세 숨고
또 쏘기 사오십 차례에
시체가 계곡 메운

열 이튿날에 전투는 끝났으나
이대로 물러설 수 없다며
논산 소토산에서
최후의 일전으로 맞붙었으나
만여 명 원혼이 구천 떠돌 뿐이었다

싸워야 할 적의 길목이나 무기의 종류

지휘자의 능력에 병력 숫자도 모르면서
맨손으로 돌격한 농민군 주검이 쌓이는 건
어찌 보면 당연한 일

기막히고 가슴 터질 일이라서
망연자실한 달님
큰 눈으로 쏟는 시린 빛
하얗게 녹아 흐르는 사이로

헤헤 헤헤헤야 헤에헤에 에헤헤야
못 가겠네 안 갈라네
차마 서러서 못 가겠네
내 집 두고는 못 가겠네
삼천갑자 동방삭은 삼천갑자 살았어도
오날 가시는 망제는 백년도 못 살았네
오날은 여그서 울고불고 있다마는
어느 시절에 여그를 올거나
가시는 날은 안다마는

오는 날짜 모르니 요 내 염불로 길 닦아
왕생극락으로 인도합니다, 하면서

　칼날에 찢기고 총탄으로 뚫린 마음
　아랫녘 진도 상여 소리로 씻어 내리며
　원혼冤魂들 잠재우려할 즈음이다

주위는 어두워지고
머리칼이 하늘로 치솟으며
한 줄기 어둑한 음풍陰風이 일더니

봉준아,
전봉준아
녹두장군 전봉준아

　울먹이는 소리가 잠시 흐르고는

바깥소식 네 어찌 몰랐더란 말이냐

지피지기에 백전백승이라, 나를 알고 적을 알면
백 번 싸워 백 번 다 이긴다 했거늘
남의 사정 모르고
내 집 형편도 파악치 않고
어찌하여 우리를 죽음으로 몰아넣었느냐
전라도 고을마다 설치한 집강소
계획이야 그럴듯했다만
한 일이 도대체 무엇이냐

아마도 전생에서 너와 우리
짓고 쌓은 업보려니 했다가도
이제 와서 생각하면
꼭이 그런 것 같지 않아 묻노니

너 하나 위한 불장난이었느냐
아니면 못 살고
천대받아
원한이 뼛속에 맺힌 우리 위한 것이었더냐

세상일이 수상할수록 알다가도 모를 일이
많고도 많다더니
오늘 일이 그러한가 보구나

  억장이 막혀서 그러는지
  잠깐의 여유 찾으려는 것인지
  소리가 없다가 이내

봉준아
전봉준아
녹두장군 전봉준아

  누구도 가까이 못할
  악에 받친 소리다

속 시원히 대답이나 해다오
그리운 이웃
다정했던 불알친구

사랑했던 사람들과 나누는 이별의 노래마저
주고받지 못하고 한 줌의 흙
가슴에 얹지 못한 채
구천 떠도는 우리가 아니더냐, 하는
대성통곡이 끝나기 전이다

　　또 다른 음풍이 까맣게 나타나서는
　　하늘이 무너져 내린다는 깊은 탄식으로

자칭 동도대장 전봉준이여
삼례에서 만경강 지나
금강 오르는 길옆
오백 군사의 원혼과 더불어 잠든 황산벌에서
마중 나온 계백장군이 참 잘 왔다고
어찌 이제야 왔느냐고
두 손잡아 이끌면서
지체하지 말라고
지체해서는 정말 아니 된다 타이르며

앞만 보고 곧장 올라야 한다고
두려움에 주저하는 발길
등 떠밀어 보냈건만
경천 조심하라는 참언讖言이 마음에 걸렸더냐
남접대도주 전봉준이여

　말의 기세가 약해지나 했으나
　이내
　온몸으로 부르짖는다,

그렇게 마음이 내키지 않는 일이었으면
애당초에 그만둘 일이지
어찌하여 우금치 아래 경천敬川 역말에서
사흘 동안 주저주저했느냐

피 맛에 굶주린 일본 놈들이
요소요소에 호랑이 아가리 만들어놓고
재빨리 증원군 불러오고

신식 기관총좌 설치할 시간까지 주었으니
봉준아, 전봉준아
넌 우리 편이냐
아니면 놈들의 끄나풀이더냐
참으로 알다가도 모를 일이로구나.

2
이 사람 저 사람 없이 모두 가고, 들리는 것은
총칼의 왜놈들 군홧발 소리에
밟히는 백성들
비명 소리뿐이니
다시 일어날 기력조차 잃어버린
계룡산 아래 작은 마을

여남은 집의 뒷산에는 산짐승에 산나물
산열매가 풍부하고
논밭 어루만지는 냇물
품안의 메기 붕어 등 물고기에

흰 구름이 머물고
청둥오리가 휘젓기도 하면서
모내기할 때나 벼이삭 팰 때마다 빌려 쓰는
작은 방죽 물에 어린 놀이
주홍빛인 오늘

후천개벽의 꿈에 떠난 오라버니 생각으로
찬밥 한 덩이
지나는 길손에게 쥐어준
그것이 죄라고
몸과 맘이 찢긴 열다섯 살 순이는
저 키우고 자라는 모습 지켜본
방죽 이르는 길로
흘러내린 치마 깃 여미며 갔고

이 첨지 댁 삼대독자
첫 아이 가진 고부 댁 또한
전봉준과 고향이 같다는 죄 아닌 죄로

찢기고 갈라진 짚신만
제방 위에 가지런히 놓여있었다

또한 조선의 남정네였기에 흘린 피가
흐를 곳 잃어
붉게 물들인 곳마다
사지는 찢기고
구덩이에 생매장되고
강이나 연못에 던져져 생겨난 떼과부 촌에

자식 기리는 어버이의 속울음
어버이 그리는 자식들의 슬픈 눈망울
형제자매가 서로 찾는 울음소리 등
어느 하나
눈물 아닌 것 없어
찬바람 휘도는 조선 거리에는
어제 같은 오늘이 아니어서
새 세상 오게 하느라 고생 많았다고

애 많이 썼다며 환호하던 사람들이
우금치에서 패하여 오던 날
상처에 눈물짓더니
다음 날에는 안쓰럽고
징그럽다는 사흘째 표정에
닷새째는 증오의 눈초리로 바라보는
그것이 사람 사는 곳의 인심이었다,

전주로 오는 길
패전의 고샅이며 구석구석
죽어야 할 이유를 모르고 누워있는
주검에 서릿발 돋고
남문 밖 싸전에
나무거리며 약전藥廛거리가 그렇고

때 없이 이는 서러운 마음 달래던
동문거리 막걸리 집 목로는 흔적 없고
걸쭉한 남도아리랑타령이며

애잔하게 심금 울려주던 육자배기 소리에
질펀한 육담으로
울적한 심사 풀어주던
앞가슴이 풍만했던 주모
웃음엣소리도 멀리 사라지고

둥근 돌이 깔린 서문 밖 전주천 천렵자리
힘 겨루던 씨름판이며
하얗게 반기던 억새꽃 오솔길
크고 작은 돌멩이마다
검붉은 핏자국 쪼아대는 까마귀 떼
날갯짓에 허공은 까망인데

피멍 든 할아버지 할머니 무덤가 할미꽃은
지지난 봄이나 지난봄에 그랬듯이
올해도 숨어서 꽃 피웠지만
세월은 돌고 돌아
순창 피노리에서 숨어 지낸 전봉준은

그렇게 조심했던 김씨 성에 이름이 경천京天인
김경천의 밀고로

섣달
초이튿날 체포되면서

다리뼈는 부러지고
발등이 으스러져 더는 운신 못해
재기 도모하느라
전라도에 흩어져 있거나
해안으로 쫓긴 농민군은 살육되고

죽음 넘긴 파랑새 스물다섯이
더는 갈데없어
완주의 대둔산에 지친 날개 접음도 잠시

치고 올라오는 일본군의 발길에 밀려
천길만길 바위 아래 아득히

하얀 꽃잎으로 흩어져 떨어져 내린
시린 기운이 하늘 얼리던

乙未年(1895년)
정월
스무 나흘날이다

일 꾸미는 것은 사람 몫이며
승패는 하늘의 뜻이라지만
몹쓸 것 뒤엎은 세상에서
티끌 없는 밝은 웃음 마음껏 웃자던
큰 뜻 펴지 못하고
대낮의 하얀 별똥별로 사그라지면서

접주 김석순은 이제 갓 한 살 된 내 딸
누구에게 주느냐며
갈비뼈 앙상한 가슴에 안아
만길 바위 아래로 뛰어내렸고

뱃속에 새 생명 가진
스물일곱 살 아랫녘 처자 이소사李召史는
한때나마 뜨거운 사랑 나눈
전봉준이 치맛자락에 그려주었다는
녹두 한 알
그것이 떨어질까 꼬-옥 움켜쥐고
어미노릇 못함이 서러워
서릿발 하얗게 뿜으며 울먹이던
그것이 끝이었다

나막신 소리가 이 땅 짓누르고
추위에 말문 얼어붙는
동토의 겨울이 어둠 부르고 있었다.

제 5 편
여우 사냥 당하다

조선 말기 일본사람들은 임금인 고종보다는 영특하고 판단력이 빠르며 카리스마적 기질이 있는 왕후 민비를 더욱 어렵게 본 것 같다. 조선을 자기들 손아귀에 넣기 위해서는 민비의 제거가 우선되어야 한다는 나름대로의 판단에 따라 "여우사냥"이라는 작전명으로 민비를 살해하려 소위 을미사변을 일으킨다.

꿈, 그걸 버려서는 안 되지

1
시집가는 열아홉 새색시 볼에 찍힌
연지곤지 색깔처럼
빨갛고 노랗고 파랗게
톡톡 튀는 알알의 가을햇살이
멍석에서 한낮 즐기는 낮잠에
시간 가는 줄 모르고 취해있는데
온갖 만물들은 저마다 금세 자란 키에 놀라
일어선 자리마다
길게 풀어놓는 그림자

어둠에 깊숙이 묻혀져 가면서

사람밖에 하늘 없으니
마음이
하늘이라
하늘밖에 마음 없다고
누가 그랬냐면서
땅 치고 대성통곡하며
하늘이 울부짖는다,

모두의 평등세상 이루자고 외치던
몇 만의 하늘이
감을 수 없어 부릅뜬 눈
할 말 남아있는 붉은 입술

움켜쥔 두 주먹
내달리다 멈춘 몸짓으로
산이며 들 길가에 무더기, 무더기

아무렇게나 여기저기 널려져 있어

새야, 새야 파랑새야
녹두밭에 앉은 새야
녹두꽃이 떨어지면
청포장수 울고 간다, 를
어린 계집아이들이 부르면

새야, 새야 파랑새야
녹두 잎에 앉은 새야
녹두 잎이 까딱하면
너 죽을 줄 왜 모르니, 하고
머슴아들이 따라서 외치고

새야, 새야 파랑새야
너 뭣 하러 나왔느냐
솔잎댓잎 푸릇푸릇
하절인 줄 알았더니

백설이 펄펄
엄동설한 되었구나, 가
골목골목에서 흘러나오며

새야, 새야 파랑새야
윗녘 새야 아랫녘 새야
전주고부 녹두새야
함박쪽박 먼나무 딱딱후여, 가
눈보라 몰고 온

甲午年(1894년)
섣달
초이튿날

아픈 기억의 우금치 아래 경천敬川을 잊고자
순창군 쌍치면 피노리에 머물렀으나
결국 김경천敬天의 밀고로 붙잡혀
나주 지나고 전주 거쳐

한양으로 오르는 녹두장군 전봉준은
풀어헤쳐 진 상투일망정
당당하게 하늘 향하여 치솟아있고
흘러내린 수염이
눈보라 사이로 하얗게 흩날리며
무명저고리에
옷깃이 단정하지만

눈가엔 오가던 산길이 환히 밟히고
푸덕이는 까마귀 날갯짓에
기관총 소리 들리면서
아랫배의 뜨거움
거침없이 쏟아내던 여인 이소사의
입덧 모습이 아련히 떠오르는

乙未年(1895년)
삼월
스무 초여드렛날

해가 아직 서산마루에 걸쳐있는 오후 네 시다

피고의 범죄 사실은 피고와 그 동모자
손화중 최경선 등의 자복과
압수한 증거문적으로 충분하여
피고 전봉준을
사형에 처하노라, 하는 판결이
내 나라 법정 아닌
조선 땅 일본 공사관에서 선고되고
그로부터
열 시간 뒤

乙未年(1895년)
삼월
스무 초아흐렛날

장태의 수탉이 훼치기 이전인 오전 두 시
사형이 집행되기 전까지

환영幻影으로 스치는 지난 일 뒤돌아보니

갑오년인 지난해 칠월
순창의 집강소 찾은
일본 밀정 다케다 한시武田範之가
농민군이 협력한 신정부에서
맡아 달라는 요직 거절한 일이며
대원군의 밀사 정석모에
이건영이 보이고

발목 치료받던 병원과 사형선고 직전까지
회유하던 다케다 한시의 손목
뿌리친 일이 주마등처럼 스쳤으나
마지막에 남은 것이 회한과 고통이라 하여도
결코 후회는 없다며
입가에 엷은 미소 띠우고는

　때를 만나서는 하늘과 땅이 내 편이더니

운이 다하자 영웅도 어찌할 수 없구나
백성 사랑하는 길이 무슨 허물이더냐
나라 위한 붉은 마음 그 누가 알리, 라는
절명시絶命詩 한 수 남기고

김덕명 성두환 손화중 최경선과 더불어
두려움의 기색 없이
의젓하고 활달한 기색으로
교수대 아래 이슬로 싸늘하게 사라지니
때의 나이 마흔 하나
청수한 얼굴에 활달한 기상
굳은 심지心志 다시는 볼 수 없었다.

2
수모와 수탈 박해를 당하면서도
팔자 탓이려니 하고
살아가는 순박한 백성들은
삼사월의 마른갈이 논

굳은 흙덩이 들어 올려 얼굴 내미는 들풀이듯
모처럼 떨쳐 일어난 일이
남가일몽이 되던 날

내뱉는 회한의 기다란 장탄식이
쉿소리로 솟구쳐 오르며
양지쪽 티끌이 해를 가리고
불탄 순이네 집 재티도 따라 오르니

못 된 자에 내린다는
천벌 믿고 모셨던 하늘님
모났을까,
둥글까,
그럼 귀머거리
그도 아니면 당달봉사?

모습에 마음 씀씀이 알고 싶어
위로 치솟는 모습 지켜보는

유동영의 눈가에 어리는 형상은

회오리의 그때뿐
오를 길은
끝이 보이지 않았고
지친 기력에 오르다가 멈춘
담쟁이덩굴 한 가닥이 자맥질하는 자리

오는 봄이, 봄이 아닌 먼지 푸석이는 곳
날지 못하고 울지 못하여 서성이는
파랑새 하나

한 끼의 밥마저 먹지 못해
비칠거리는 모습
누가 볼까 두려워 얼른 품속에 안았고
까칠한 다리에 꺾인 발톱
검게 변한 볏
고왔던 깃털 쓰다듬으며

잃지 말라고
다 버려도
꿈은 잃지 말라고 다독이며
상처에 약 바르고
부러진 다리 위아래로 맞추고
가슴에 고인 피고름 짜내고
우느라 부은 눈
새벽 맑은 이슬로 씻어

꼭 다문 입 벌려 좁쌀 넣어주며
곱고 맑던 예전 소리
천지가 진동토록 다시 울리고

오래지 않은 날에
꿈 주고 희망 심는 고운 노래 부르며
우리의 구세주
아기장수와 같이 오라고
훠이훠이 멀리 날려 보내면서

칠흑으로 어둔 밤은
잠 부르고
잠이 꿈꾸니
꿈은 희망이라서
희망은 용기 낳고
용기는 환한 새 아침 열거라며

밤이 깊었음은
여명이 가까이 와있음이요
쓸쓸함이 고요를 포장하고 있음은
적막 깨트리는 나뭇가지
까치 소리가
멀지 않았음을 알려주는 것이니

짙은 어둠이야 깊으면 얼마나 깊으랴
구천 거기엔
미치지 못하리라 다짐하면서
뒤돌아보는 지난날이지만

왠지 모를 불안한 마음의 엄습으로
무거운 납덩이 하나가 가슴에 내려 앉아
끝도 한도 없는
깊고 깊은 나락으로
침잠하고 있음은 어찌할 수 없었다.

여우, 사냥 당하다

1
스러진 농민들 외침 위에
새움 돋는 산과 들엔
사람과 사람이 만나서 피우는
꽃 중의 꽃 웃음꽃이 없다

누구의 부름이 없어도
왔나 했는데
어느 사이에 봄은 가고
열매 감싸 안은 잎사귀마다

짙은 그림자 드리우는

乙未年(1895년)
칠월
그믐날

남산 아래의 일본 공사관이다
열이레 동안 면벽참선面壁參禪(?)한
공사 미우라 고로三浦梧樓는

각하가 닦은 터전 위에 대일본제국의 깃발
확실하고 단단하게 꽂아
천황폐하의 위엄
넓고 넓은 사해에 드날리도록
이 목숨 아낌없이 바치겠습니다

미우라 군 난 자네를 믿네
기회 있을 때마다 누누이 당부한 바와 같이

자나 깨나 잊어서는 아니 되는
조선의 여우사냥
다음 달에 꼭 끝내주게

우리에게 제압당한 청나라야
더는 힘쓰지 못하겠지만
러시아와 조선 왕비가 손잡는 날
조선 독립은 멀어지고
우리 꿈이 물거품 됨을 명심하여
한 치의 오차라도 있어서는 아니 되네

미우라 허리가 펴지기 전에
문 밖으로 사라지는
전임공사 이노우에井上馨의 어깨 위에는
호랑나비 한 마리와
한 줄기 어둠이
각하 꼭 총리대신 되십시오, 라는
미우라 인사와 함께

소리 없이 살포시 내려앉고 있었다.

2
완벽하다고는 하나 어느 때
어느 곳에서 있을지 모르는 사태에
대비하려는 본능은
예나 지금이나 같아서
여우사냥에 따른 여론 의식하고
운현궁에 있는 대원군 모셔온

팔월
스무날
아침 다섯 시

서울 주둔 일본군 2개 대대와
낭인 패에 경찰 장사꾼 신문기자
고문관 통신원이며
우범선이 인솔하는 조선군 2개 대대 병력이

광화문 앞을 맨몸으로 가로막다 총에 맞은
시위대장 홍계훈 넘어
경복궁의 건청궁으로 달려간 무리는
임금 옷자락을 칼로 찢고
칼등에 맞은 태자는 의식 잃었지만

개미 모습 헤아릴 정도로 환히 횃불 밝힌
곤령함 옥호루로 달려간
3인 1조 낭인 패거리는

막다른 길에 들어섰음을 육감으로 느꼈는지
방안 횃대 뒤로 몸 숨긴
왕비 민 씨의
머리채 휘어잡아
모습 확인하는 왜녀 고무라小村室에 매달려
살려 달라는 애원
칼로 내려쳐
비명소리가 궁 안에 낭자하고

피비린내가 진동하는 궁궐에서
여우 사냥 증표라며

한 놈은
왕비의 저고리 앞섶
사향주머니 떼어서 간직하고

또 한 놈은
더듬은 젖무덤 사이의
지갑 챙기고

나머지 또 다른 놈은
옅은 숨결이 아직 남아있는
체온 위에 제 몸 덮친 잠시 뒤

공사 미우라의 최종 확인 거쳐
행려병자 시신이듯
검은 천에 아무렇게나 둘둘 말려져

녹산 아래 숲속 공터에 차곡차곡 쌓아둔
장작더미 위에 뉘어지고

재빨리 뿌려진 석유에
당긴 불씨로
오백 년 조선왕조는 화염에 휩싸이고 있었다.

- 붓을 씻다 -

'최후'가 되고 만 제국의 '시작'

호병탁
(시인 · 문학평론가)

1

2013년 봄, 안평옥은 이미 장편서사시 『화냥년』을 상재한 바 있다. 그는 이 작품에서 임진왜란에서 병자호란에 이르기까지 53년 여간 민족이 겪어야 했던 수난과 질곡의 역사적 사실을 극적으로 그려내었다. 물론 이 서사시는 반세기 넘는 세월을 달력 넘기는 순서로 묘사한 것이 아니라 병자호란 전후의 사실을 집중적으로 다루고 그 이전의 것들은 '역전'의 수법으로 처리하고 있다. 따라서 인조가 남한산성에서 적장에게 왕조의 상징인 옥쇄를 바치고, 세 번 절하고 아홉 번 조아리며 목숨을 구걸하는 치욕적인 모습이나, 청나라에 끌려갔다 천행으로 돌아왔지만 '화냥년'으로 손가락질 받고 죽어가는 조선여인네들의 딱한 모습 등 국지적 사실이 크게 부각되게 된다. 그 결과 작품은 그 긴장과 탄력으로 독자들에게 읽는 재미와 함께 커다란 공명을 불어 일으켰다. 또

'최후'가 되고 만 제국의 '시작' 235

한 그런 수난의 역사가 왜 발생하게 되었는지 그 연유를 우리가 되짚어 보고 반성과 함께 깊게 사유할 수 있는 계기를 만들었음은 물론이다.

그 여운이 아직 가시지 않은 상태에서 안평옥은 이번에 두 번째 장편서사시 『제국의 최후』를 발표한다. 작품을 읽어보면 쉽게 인지할 수 있지만 이런 장편서사를 쓰기 위해서는 엄청난 역사적 자료를 챙기고, 공부하고, 사색의 과정을 거쳐야만 한다.

서정시가 나의 현재 감정을 노래하는 '단시'라면 서사시는 과거의 역사적 사건을 노래하는 '장시'다. 따라서 서정시는 개인에 바탕을 두는 '주관 시'고, 서사시는 역사에 바탕을 두는 '객관 시'다. 서정시는 자극이 되는 대상의 지각 또는 환기에 따라 일어나는 강한 감정, 즉 인간 본능의 내면적 경험이라 할 정서를 그때그때 묘사할 수 있다. 또한 정서는 감정의 성질 및 경과의 차이에 의해, 또는 본능의 정도 차이에 의해 그 종류도 그때그때 나눠질 수 있다. 그러나 서사시는 전체를 한 이야기로 묶어 서술하여야 한다. 서정 시인이 백 편의 시를 노래할 수 있지만 서사 시인은 같은 기간 여전히 한 편의 이야기에 매달려 끙끙대야 하는 것이다.

서사시는 희곡의 성격을 가지고 있으나 그 영역은 훨씬 넓다. 서사시는 희곡과 비교될 수 없는 많은 사건을 구성할 수 있고 또 그래야 한다. 또한 시간과 장소의 제약을 받는 희곡에 비해 서사시는 그런 제약 없이 다른 사건들을 동시에 서술할 수 있다. 따라서 그 서술의 폭이 넓을 수밖에 없다. 희곡에서의 모든 행위는 인물에 의해 결정되므로 작중인물과 그의 성격은 가장 중요하다. 이에 반해 서사시는 개인의 특수한 성격에 대해 이야기하는 것이 주가 아니라 전체의 행위와 사건을 이야기하는 것이 주를 이룬다. 방대한 전체 서사를 위해서는 그만큼 작품의 구조와 그 구성방법이 치밀해야 한다.

대충 서사시가 갖는 서정시나 희곡과의 몇 가지 차이를 들어보았다. 그러나 이런 몇 가지 점을 보아도 -개인적인 생각인지는 몰라도 서사시의 작가는 전체 이야기의 진행을 위해 밑그림부터 그 스케일을 크게 그려야 하는 동시에 집필과정에서 세부적 사건 하나하나를 객관적으로 묘사하기 위해 엄청난 열정과 수고를 쏟아부어야 함은 당연할 것이다. 안평옥은 불과 2년 만에 새로운 장편서사시를 상재한다. 대단한 공력이라 하지 않을 수 없다.

2

자신의 아들과 며느리에 의해 청국으로 쫓겨났던 대원군이 초췌한 모습으로 제물포에 귀국하는 1885년 음력 8월 27일을 기점으로 이 서사시는 시작된다.

갯바람이 거세게 몰아치는 제물포 바닷가 / 서너 아름으로 의젓이 서있으면서 / 추위 잘 이겨내고 / 소금기에 강한 / 팽나무 / 위세가 하늘로 뻗쳐오르다가도 / 좌우사방으로 / 풍채 좋게 뻗은 나뭇가지 / 잎, 잎이 품안에 깊숙이 숨겨둔 / 두세 푼分 크기의 열매 찾아낸 햇살이 / 농부들 이마의 땀 훔친 바람으로 / 너무 곱다 예쁘다 하면서 / 길게 어루만져주면 / 적갈색으로 곱게 익는 / 가을이 네댓 치의 잎사귀마저 / 자주색으로 물들여 놓을 때 // 불어온 해풍이 나뭇가지 끝에 매달려 / 제 몸의 갯내 풀고 / 짠 내는 내려놓아 / 진한 생선비린내 흩뿌려 놓으면 / 세월은 어느 사이에 / 추분 넘어 / 흰 구름 한 조각이 유유히 허공 유영하는 // 乙酉年(1885년) / 팔월 / 스무 이렛날

-1편 1장, 「화무십일홍이라. 1」에서

우선 가을색이 짙어가는 제물포 바닷가의 풍광이 그림처럼 펼쳐진다. 포구에는 "추위 잘 이겨내고 / 소금기에 강한" 팽나무 몇 그루가 서있고 나무 잎사귀들은

이제 적갈색으로 물들고 있다. 불어온 해풍이 "제 몸의 갯내" 풀어 포구에는 "생선비린내"가 흩어지고 있다. 하늘에는 "흰 구름 한 조각이 유유히 허공을 유영"하고 있다. 대원군이 귀국하는 날, 제물포의 맑은 가을날의 풍광이 한유하기만 하다. 1885년 팔월 스무 이렛날 당시, 인천 제물포항의 모습과 날씨가 어땠는지 우리는 정확하게 알 수는 없다. 그러나 포구에는 늘 갯바람이 불고 비린내도 나게 마련이다. 추분이 한참 지났을 때라면 나뭇잎도 서서히 단풍이 들 때다. "흰 구름 한 조각"만이 하늘에 떠가는 날씨라면 우리나라의 전형적인 맑은 가을 날씨로 그럴 개연성이 충분하다. 비록 사건 없는 풍경묘사에 불과하지만 시인은 세심한 배려를 하고 있다. '개연성'은 문학의 보편성을 지탱하는 근본개념인 까닭이다.

그런데 위와 같은 풍경묘사는 서사 내 시간의 흐름이 멈추게 된다. 소위 '기술description', 혹은 '그림picture'이란 명칭으로 불리는 이런 경우는 인물의 행동을 서술하고 사건의 진행을 보고하는 것이 아니기 때문이다. 기술의 가장 큰 특징은 '서술되는 시간'이 흐르지 않는다는 점이다. 풍경묘사 외에도 인물의 외모나 성격, 사건의 배경, 사물의 성격을 서술할 때도 시간은 흐르지 않고 멈춘다. 이 작품의 여기저기에서도 '기술'의 형식이 도입되고 있음을 발견할 수 있다.

한낮에 이르는 긴 기다림에 지쳤음인가 / 바닷바람 한 모금 깊숙이 들어 마셔 / 훅 뿜는 숨쉬기 / 여러 번의 반복에도 / 가시지 않는 초초함으로 / 감았던 눈 번쩍 뜨는 순간에 / 보인다 // 수평선 저 쪽에서 검은 연기 뿜으며 / 갈매기의 호위 / 하얗게 받는 청나라 군함 / 비호호와 진해호다 // 동네 뒷산 크기로 부두에 와 닿고 / 총칼 들고 길게 도열한 / 제복차림 청나라 병사들 사이로 / 외로워서 초췌한 모습의 걸음 옮기며 / 멀리 있는 산 바라보는 / 임금의 살아있는 아버지 / 대원군을 보고 / 반기는 서해바람이 물거품 물며 달려오고 // 흰 옷의 물결은 지난세월 내내 / 어느 곳인가가 텅 빈 것 같아 허전했고 / 붉은 피가 뜨겁게 용솟음쳐 오르던 / 가슴으로 맞이할 셈인지 / 잔잔하던 파도가 일렁거리기 시작한다 // 그제야 정신이 제자리 찾은 / 유동영은 군함이 깨져라 소리 높여 부르는 / 대원위 대감 만세를 주위사람 모두가 / 너나없이 따라 외침에 / 깜짝 놀라 돌아보는 부둣가의 / 배와 배, 군중과 군중들 오가는 모습과 / 놀란 갈매기 날갯짓 사이로 떠오르는 / 아버지 유복만의 모습이 보인다

–같은 장, 「화무십일홍이라. 1」에서

이제 고즈넉하던 풍경에 움직임이 시작된다. 수평선 멀리 청나라 군함 두 척이 나타나더니 이어 그것은 "동네 뒷산 크기로 부두에 와" 정박한다. 드디어 "총칼 들고 길게 도열한 / 제복차림 청나라 병사들 사이로" 초췌한 모습의 대원군이 걸어 나와 "멀리 있는 산"을 바라본다. 인물들이 행동하고 사건의 진행이 시작되고 '서술되는 시간'도 흐르기 시작한다. 즉 '장면묘사scene'가 이루어지고 있는 것이다. 장면묘사는 시간이 흐르는 동작을 그 대상으로 한다. 따라서 필연적으로 행동과 대화의 묘사가 그 내용이 되기 마련이다. 풍경을 아무리 자세하게 그려도 서사 내부의 시간은 흐르지 않는다. 그러나 사건 진행을 묘사하는 장면묘사는 그 서술이 자세하게 되면 될수록 '서술 속도'가 실제 '사건의 진행속도'와 가깝게 된다. 달리 말하자면 희곡의 진행속도에 가깝게 되는 것이다.

포구에 모여 있던 백성들 모두가 "대원위 대감 만세"를 외쳐대며 "임금의 살아있는 아버지" 대원군을 맞이한다. 서해바람도 반가운 듯 "물거품 물며 달려오고" 잔잔하던 파도도 "일렁거리기" 시작한다. "흰옷의 물결", 즉 백성들은 물론 조선의 바람과 바다의 물결까지 대원군을 반기고 있다. 그들은 대원군이 없던 "지난세월 내내 / 어느 곳인가가 텅 빈 것 같아 허전"했었다. 이제 "피가 뜨겁게 용솟음쳐"오르는 가슴으로 다시 돌아온 그를 맞이하고 있는 것이다. 대원군을 반기는 이 대목은 앞으로 다시 언급하겠지만 상당한 의미를 내포하고 있는 중요한 부분이다.

군중 속에 섞여있던 유동영은 이 서사시의 주인공이라 할 수 있다. 그는 그제야 정신을 차리고 너나 없는 만세소리를 따라 외치며 함께 "놀란 갈매기의 날갯짓 사이로" 아버지 유복만의 모습을 떠올린다. 이 대목은 이제 작가가 제물포의 정황묘사를 끝내고 '역전flash back'의 기법으로 서사시간을 과거로 돌리겠다는 것을 의미한다.

3

흔히 문학을 '시간 예술'이라 부른다. 시간 예술은 그 속성상 자신이 존재할 일정한 길이의 시간을 요구한다. 특히 서사문학과 시간은 불가분의 관계를 맺고 있다. '서사 안에는 늘 시계가 들어있다'는 말처럼 이야기는 시간의 흐름 속에만 존재할 수 있다. 인간세상의 사건이라는 것은 항상 시간의 흐름 속에서 발생하고 진행된다. 또한 그 사건의 이야기를 듣거나 읽는 독자도 또 다른 시간의 흐름 속에서 그것을 듣고 읽게 된다.

서사문학의 근원적 상황은 '어떤 화자'가 일어났던 '어떤 일'을 청중에게 '이야기하는 것'이다. 그런데 그 '어떤 일'은 지금 일어난 게 아니라 과거에 일어났던 일이다. 당연히 시간의 층이 발생한다. 게다가 화자는 사건을 진행 순서대로 이야기하지 않고 앞의 것을 뒤에, 뒤의 것을 앞으로 오게 하여 그 순서를 흩뜨리기도 한다. 현실에서 일어나는 사건은 그것이 무엇이든지 자연적 시간 순서에 따라 발생하고 종결되지만 작가는 이 순서를 자주 뒤집어 버리는 것이다.

또한 어떤 부분은 앞서 언급한 '장면묘사'를 꼼꼼하게 서술하여 시간진행을 느리게, 어떤 부분은 대충대충 건성으로 말함으로 시간진행을 빠르게도 한다. 어떤 부분은 뛰어넘기로 아예 '요약summary' 처리하기도 한다. 이처럼 서사에는 여러 가지 시간문제가 존재한다.

위 인용문의 마지막 부분은 이야기의 자연적 순서를 뒤집겠다는 소리다. 즉 대원군의 귀향으로 시작된 서사의 시점보다 앞서 일어난 일을 중간에 끼어 넣어 시간을 '역전'시키겠다는 말이다. 이때 진행되는 사건 서술은 일단 보류되고 앞서의 사건이 전개된다.

壬午年(1882년) / 유월 / 초닷샛날 // 마치 부처님의
자비심을 흉내 내듯 / 먹고 살아야 할 것 아니냐며 / 밀
린 급료 열 석 달치 중 / 우선 준다는 한 달분 / 그걸
받으러 달려간 선혜청에서 / 눈뜨고 볼 수 없는 모습에
항의하다가 / 모반대역부도 죄로 / 군기시 앞에서 능지
처사된 / 그때가 새삼 어른거리고 // 울화병 어쩌지 못
한 어머니는 / 아이고, 불난다, / 가슴에서 불난다고 /
자리보전하고 누워있던 대 여섯 달 동안 / 시름시름 앓
다가 / 눈감은 일들이 새삼 스쳐서 지나간다.

-같은 장, 「화무십일홍이라. 1」에서

주인공의 회상은 3년 전 사건으로 되돌아가고 있다.
군인들 "밀린 급료 열 석 달치 중" "우선 준다는 한 달분"
쌀 4말을 받으러 갔지만 "눈뜨고 볼 수 없는" 정황이 발
생한다. 그나마 받아 본 쌀은 모래와 왕겨가 절반 이상
섞여있었던 것이다. 주인공의 부친 유복만은 이에 항의
하다가 "모반대역" 죄로 사형당한다. 어머니마저 이로
인한 울화병으로 몇 달 자리보전하다가 세상을 떠나고
만다.

임오군란이 발생하는 직접적 원인이다. 바로 이 군란
으로 인해 대원군이 청나라로 끌려가게 된다. 그곳에서
대원군은 "하얀 조선종이 위에" 난축은 한숨으로 "솟구
쳐 올리고", 잎은 "울분으로" 처지게 그리고, 뿌리는 "세

월이 쌓여" 뻗어 내리게 하며 지낸다. 그는 타국 땅에서 한숨과 울분으로 난초를 치며 세월을 보내고 있었던 것이다.

바로 그가 제물포로 돌아오고 있다. 시간은 다시 현재로 돌아온다.

> 남녀노소에 빈부귀천 없이 서로서로 / 두 손 모아 잡은 합장에 / 뺨 적시는 눈물로 / 반기는 백성들 함성이 / 마치 먼 여행길에서 무사히 돌아온 / 자기 부모님 맞는 모습 // (…) // 상인과 군졸 촌부의 아녀자며 / 어느 주점의 주모인 듯한 여인까지 / 맨땅에 주저앉아 이마에 두 손 얹고 / 큰절 올리는 모습
>
> — 같은 장, 「화무십일홍이라. 2」에서

마치 "자기 부모님 맞는" 듯 대원군의 귀국을 반기는 백성들의 모습이 여실하다. 특히 "맨땅에 주저앉아 이마에 두 손 얹고 / 큰절 올리는" 한 여인네의 모습은 대원군을 향한 백성들의 진정한 애정을 새삼 느끼게 한다.

이런 정황에 임금은 "무 뽑다 들킨 아이마냥" 다리가 후들거린다. 그리고 아버지 대원군을 섭정에서 물러나게 만든 "열세 해 전의 일"을 떠올린다. 이제 시간은 성

큼 더 먼 과거로 돌아가고 있다. 스물 셋 된 젊은 왕비의 "자지러진 코맹맹이 소리 / 베갯머리공사에" 넘어가 1873년 동짓달 초닷샛날, 창덕궁의 전용 출입문 앞에서 입궐하던 대원군을 어명으로 내쳐버리는 것이다. 이로 써 열두 살 된 둘째 아들 명복을 왕위에 앉히고 시작된 섭정의 십년이 막을 내리게 된다.

> 4년 만에 내 손때 묻은 집으로 돌아와 / 부대부인 민 씨의 지극한 보살핌으로 / 물과 뭍의 수만 리 길에 지친 몸 / 추스르는 사이에 // 궁궐에서는 운현궁 출입 통제 하고 / 하나님 섬기는 소래교회가 / 장단에 생겨났으며 / 노비의 세습제 폐지에 / 서양식 개인병원이 문 열었고 / 성냥공장이 양화진에 들어서는 등 / 세상은 어제오늘 이 다르게 변하고 있었다.
>
> −같은 장, 「화무십일홍이라. 3」에서

시간은 다시 현재로 돌아와 귀국한 대원군은 "물과 뭍 수만리 길에 지친 몸" 추스르지만 출입을 통제당하는 처 지로 지낸다. 그러는 사이 청·일은 물론 구미의 각종 문물이 조선에 속속 침투하고 있다. 교회가 생기고 개인 병원이 문을 열고 성냥공장이 망해가는 조선 땅에 들어 서고 있는 것이다. 이렇게 대원군의 귀국 전후 사정이 서술되며 대서사시 『제국의 최후』 첫째 장이 마감된다.

4

장편 서사시에 하나의 역전만 있을 수도 있지만 여러 개의 역전이 나타나기도 한다. 물론 이 경우에는 역전들의 시기가 얼마든지 다를 수 있다. 우리는 13개의 장 중 첫째 장만 보았지만 이미 십여 년의 시차를 두고 두 개의 커다란 역전이 발생하고 있음을 볼 수 있다.

『제국의 최후』는 5개의 '부'로 구성되어 있다. 이는 다시 13개의 '장'으로 나눠지고 각 '장'은 또한 일련번호를 매긴 많은 '절'로 세분된다.(작가는 '부' 대신 '편'이란 용어를 사용하고, '장'은 '소제목'을 붙여 대신하고 있다), 따라서 우리는 이 대서사시에 얼마나 많은 '사건이 중도에서 뛰어들기'가 발생할 것인지 쉽게 짐작할 수 있다. 이처럼 수많은 과거의 사건들이 서사 중간에 삽입되면 독자는 시간의 흐름을 제대로 파악하지 못하고 당혹하기 쉽다. 따라서 우리는 '이야기의 척추'를 대략적으로라도 조망해 볼 필요가 있다.

『제국의 최후』는 1863년 고종 등극으로부터 1895년 민비 살해까지 30여 년의 긴 서사시간을 가지고 있다. 그러나 앞에서 보는 것처럼 작품은 대원군이 귀국하는 1885년 전후와, 동학운동이 전개되는 1894년 전후에 발생한 짧고 극적인 역사적 사실에 포커스를 집중하고 있다. 물론 이야기 중간 중간에 그 전에 발생했던 일이

'달력의 순서'를 뒤바꾸며 자주 삽입되는 것은 주지하는 바다.

이 작품은 크게 둘로 대별해 본다면 동학운동이 일어나기 전과 후로 나눌 수 있다. 1부는 임오군란, 2부는 갑신정변을 주요 내용으로 하고 있지만, 이는 3부에서부터 시작되는 동학운동의 역사적·사회적 배경을 서술하고 있는 셈이 된다. 3, 4부는 1894년 1월 농민군의 고부 1차 봉기로부터 같은 해 11월 우금치 전투의 패배까지 10개월여 간의 본격적인 동학운동의 전개과정이 주요 내용을 이룬다. 마지막 5부에서는 1895년 3월 전봉준이 사형되고 같은 해 8월 민비가 시해당하는 것으로 작품은 대단원의 막을 내린다.

따라서 이 글도 이제 이 커다란 시간의 흐름–이야기 전체를 이해하기 위한 단초로 작품의 1장은 비교적 자세하게 다루었지만–을 따라갈 필요가 있다.

어떤 결과를 낳는 여러 원인 가운데는 반드시 하나의 '주요 원인'이 있다. 나머지 원인들은 주요 원인을 보조하는 '부차적 원인'들이다. 주요 원인은 결과와 '본질적이며 필연적'인 연관을 갖고 있는 핵심적인 원인이 되는 것이며, 부차적 원인은 '비본질적이고 우연적'인 것이어서 주요 원인에 의존해야만 결과를 나타나게 된다.

동학운동은 물론 결국 나라까지 망하는 결과를 야기

하는 '주요 원인'은 무엇인가. 이는 전적으로 조선 왕실의 무능과 안이함, 이에 따른 관료기강의 문란과 부패에 있다.

즉 주요 원인은 왕조의 외부에 있었던 것이 아니라 내부 그 자체에 있었던 것이다. '내적 원인'은 '외적 원인'의 바탕이 되게 마련이다. 어디까지나 '외세 침략'이라는 외적 원인은 결국 왕조의 무능과 부패라는 내적 원인에 기인하고 있는 것이다. 하기야 깨끗하고 강력한 왕조였다면 외세가 침투할 여지도 없었을 것이고 따라서 동학운동도 나라를 뺏기는 일도 없었을 것 아닌가. 무능한 왕실의 작태는 당장 작품의 2장에서부터 나타난다.

점치고 굿하는 혹세무민의 무당이며 / 부처님 마다한 파계승 땡추와 / 사주팔자 보아준다는 소경의 판수 / 궁궐로 불러들여 굿거리 푸닥거리하느라 / 조용한 날 없었고 // 금강산 일만 이천 봉마다 / 비단과 쌀, 돈 놓고 비손토록 했으나 / 그도 부족하여 / 춘향가 심청가 박타령 토별가 / 적벽가 가루지기 / 집대성한 판소리 여섯 마당에 // 걸쭉한 남도아리랑타령이 좋다고 / 온몸으로 춤추고 노래하는 / 임금 내외의 몸짓이 / 좋지 좋아하는 추임새에 따라 / 조선 천지 검게 물들여가고 있었다.

　　　　　　　　　　－1부 2장 「진짜도둑놈이 누구냐. 1」에서

1874년에 벌어지는 어처구니없는 상황이다. 대원군은 나라를 혁신하여 국부國富를 꾀했다. 그리하여 국고에 "아끼고 절약하여 쌓아둔 / 피땀 엉킨 수만 금의 돈"을 확보했다. 그러나 위와 같이 "흔전만전 물 쓰듯 꺼내 썼으니" 나라 창고는 "일 년이 못 되어 / 바닥이 보이도록 거덜"이 난다. 유흥비가 필요한 민비는 제 친정식구인 이조판서 민규호에게 수령방백의 자리 값을 매기도록 지시한다.

> 감사와 유수는 오십 만에서 백만 냥 / 군수며 현감자리는 이만 냥 / 기타 자리야 때에 따라 다르다는 대답에 / 지원자가 문전성시 이루고 / 무너지고 넘어질 조선은 내 알바 아니라는 듯 / 매관매직에 재미 붙인 / 임금 내외는 // 이 년으로 정해진 지방관 임기를 / 일 년 반으로 / 일 년 반을 / 다시 일 년으로 줄여 / 돈 있는 자에게 벼슬길 넓혀주니 / 전에 없는 성군聖君(?)의 현신이라며 // 정이품 벼슬의 판서判書 / 정이품에서 종사품까지의 대부大夫 / 오위五衛에 속한 정사품의 호군護軍 / 종구품인 참봉參奉 / 토목이나 건축의 감독인 감역監役벼슬의 / 증贈 교지가 / 돈 따라 저승까지 나돌았다
>
> —같은 장 「진짜도둑놈이 누구냐. 1」에서

이처럼 위아래 벼슬자리를 사고파는 세상이니 나라
가 망하지 않는 것이 오히려 이상할 정도다. 과거급제
라고 예외가 아니었다. "초시初試는 천 냥 / 회시會試는
일만 냥에 흥정"되었고 1877년의 정시庭試문과 "장원
비용이 자그마치 / 십만 냥"이었다. 이외에도 여러 예화
가 있지만 민비의 전횡은 측근 기용에서 그 절정에 달
한다. 즉 "친정 조카 민영익을 어제는 대교待敎 / 오늘
은 한림翰林"하더니 단 "일 년에 정삼품 당상관인 / 통
정대부 만들어 측근에" 두고 있는 것이다. 게다가 왕의
행태는 더 가관이다. 다음은 당시 상황의 단면을 여실
히 보여준다.

> 평안감사가 수레에 보낸 / 반짝반짝 빛나는 금송아지
> 본 / 임금은 / 느닷없이 지르는 고함소리로, 남정철 이
> 놈 / 도둑놈, 진짜 도둑놈 / 관서지방에 그 흔한 금 /
> 저 혼자 다 처먹었다고 탁자 내려침은 // 현 감사 민영
> 준이 / 전임 감사 남정철보다 / 더 큰 금송아지 보냈기
> 때문이니
> —같은 장 「진짜도둑놈이 누구냐. 2」에서

신임 감사가 보낸 금송아지가 전임자의 것보다 더 크
다고 전임자를 도둑놈이라고 탁자를 내려치며 분노하는

임금의 모습은 차라리 치태다. 이런 왕이 자신의 권력이나 제대로 챙길 리 없다. 나라는 왕비 민씨의 척족정권의 것이 되어 움직여지고 있었다.

윗동네가 이 지경으로 돌아가면 비참해지는 것은 언제나 아랫동네가 되는 법이다. 밤마다 흥청망청 벌어지는 연회비용 탓에 나라를 지켜야 하는 군인들은 열세 달이나 급료를 받지 못하고 있었다. 비싼 돈으로 벼슬을 산 관원들은 짧은 기간에 본전을 뽑고 몇 배의 이문까지 남기고자 혈안이 되어 있었다. 굶주려 죽어가는 것은 물론 밑바닥의 백성이다.

임오군란이 일어나고, 동학농민군이 봉기하고 마침내 나라까지 망하게 되는 것은 뻔히 보이는 일이었다. 이처럼 모든 결과의 일차적 원인은 바로 왕조의 내부 그 자체에 있었던 것이다.

5

1881년, 조정은 일본군을 본받은 신식군대인 별기군을 만든다. "자르지 않은 상투에" 모자를 쓰고, "버선에" 구두를 신은 웃기는 별기군이었으나 구식군인보다 네 배나 급료를 더 받았다. 더구나 이들 구식 군병들은 급료조차 제대로 받지 못하고 있어 불만이 절정에 달해 있을 때였다. 1882년 6월초에 전라도조미(全羅道漕米)가 도착하자, 6월 5일 우선 무위영 소속의 군병들에게 한 달 분의 급료를 지급했으나 겨와 모래가 섞였을 뿐만 아니라, 그 양도 반이나 모자랐다. 군병들은 선혜청 창고지기에게 항의해 시비가 격렬해졌다. 민겸호는 이 소식을 듣고 그들을 무마하는 대신 주동자를 포도청에 가두고, 그 중 2명을 처형하도록 하였다.

6월 9일, 격분한 군병들의 소요는 마침내 대규모의 폭동으로 발전하였다. 군란 이틀째인 6월 10일에 사태는 더욱 확대되어 궐내로 난입한 군병들에 의해 급료지급책임자인 선혜청당상 민겸호와 전 당상이었던 경기관찰사 김보현이 살해되었다. 바로 임오군란이다.

부랴부랴 왕은 아버지 대원군을 불러 사태를 수습하도록 부탁했고, 척족정권의 최고 권력자인 민비는 가까스로 궁궐을 탈출하여 장호원으로 피신하였다. 그러나 교활한 왕비는 몰래 청에 구원을 요청하였고 그해 7월 13일 청군은 대원군을 납치하여 천진에 유폐시키고 만다. 대원군 정권은 불과 33일 만에 무너지고 말았다. 시인은 개국 이래 모처럼의 유신이 "한 점 반딧불로 반짝이는가 했으나 / 그 빛마저도 // 팔월 / 초하룻날 // 국망산 아래에서 환궁한 / 민비의 치맛바람에 스러지고 말았다."고 안타까워하며 작품 1편을 마감하고 있다.

여기서 우리는 결국 나라를 망하게 하는 '외세 침략'이라는 '외적 원인'은 결국 왕조의 무능과 부패라는 '내적 원인'에 기인하고 있음을 알 수 있다. 아니 '외세'를 스스로 불러들이고 있지 아니한가.

확실히 안평옥은 조선왕실의 무능과 부패가 왕조의 마지막이 되는 가장 큰 '내적 원인'이 되고 있는 것으로 인식하고 있다. 그는 이미 『화냥년』에서 인조의 판단 미숙과 이에 따른 조정의 망동(妄動)이 결국 병자호란이란 치욕의 역사적 원인이 되었음을 갈파한 바 있다. 그가 보는 과거는 죽은 과거가 아니다. 병자호란은 반면교사의 역사적 사실이었음에도 불구하고 고종은 이를 전혀 인식하지 못하고 있다. 역사는 본질적으로 현재의 눈을 통해 과거를 바라보는 것이다. 그리고 기록하는 것이 아니라 평가하는 것임을 의미한다. 역사가 평가되지 않는다면 무엇이 기록될 가치가 있는지 도대체 어떻게 알 수 있단 말인가.

안평옥의 서사시에는 역사가가 기술하는 식의 학술적 서술은 아니지만 행간을 통해 강한 역사적 평가를 내비치고 있다. 예로 대원군과 왕 부부가 비교되는 대목들이 그러하다. 이미 앞에서 대원군의 귀환을 백성들이 반기는 대목을 언급하며 이는 상당한 의미를 내포하고 있는 부분이라 말한 바 있다.

　　차라리, 난리라도 났으면 좋겠네 / 그러내 저러내 하
　여도 대원군 시절이 좋았지 / 날마다 변화하는 모습에
　서 희망 보았잖아 / 능력 있는 자 발탁하면서 / 갓이며
　두루마기자락 작게 하고 / 천지개벽 후 처음으로 / 양
　반에게 세금 부과하고 / 죄 없는 사람 볼기치는 서원
　헐고 / …
　　　　　－1부 3장 「모진 바람 간반에 불더니만. 2」에서

　백성들이 이구동성으로 되뇌는 말을 그대로 인용한
대목으로 대원군의 개혁과 선정이 하나하나 열거되고
있다. 이에 반해,

　　물가는 하늘 높은 줄 모르게 뛰는 만큼 / 민심은 멀어
　져 / 여기저기 민란이 일어나고 있는데도 // 잊으려 해
　도 잊을 수 없는 임오년의 아픈 기억 / 하얗게 살라먹은
　것 같은 임금 부부 / 앞을 가로막는 장애물도 없고 / 아
　니 되옵니다의 쓴 소리 들리지 않아 // 기왕에 재미 붙
　인 밤샘 놀이에 / 좋지 좋아, 자－알 한다 / 노자路資 넉
　넉히 주어 보내라는 / 어명御命이 / 오뉴월 장맛비에 한
　강물이듯 / 소리판에 흥건하게 흘러
　　　　　－2편 4장, 「백성의 피땀으로 불 밝히니. 2」에서

물가는 뛰고 민심은 멀어져 여기저기서 민란이 일어나는데도 왕 내외는 벌써 임오군란의 아픈 기억은 까맣게 잊고 밤샘놀이에만 정신이 팔려있다. 소리판이나 벌이고 흥청망청하고 있는 이런 임금 내외의 작태를 보는 작가의 시선은 싸늘하다. 위의 두 대목에서 우리는 극명하게 대조되는 왕 부부와 대원군의 두 모습을 보게 된다. 작가는 이런 두 가지 양태를 통해 역사에 대한 예리한 평가를 놓치지 않고 있는 것이다.

이런 작가의 시선은 동학농민운동의 전개과정을 기술하는 가운데에서도 그 역사적 의식이 선명하게 드러난다.

주지하는 바와 같이 군란이 수습된 이후에도 민비척족정권은 구태의연한 정치풍토 속에서 정권유지에만 급급하였다. 고종의 유신 선언이 있었지만 진정한 개혁은 실현되지 않았다. 변한 것이 있다면 청·일의 압력이 가중되었다는 사실이다. 특히, 청나라는 군란 수습 당사자로 이후 조선의 내정·외교 문제에 적극적으로 간섭해 실질적으로 조선을 '속방화(屬邦化)'하기로 결정하게 된다. 이에 따라 조선정부에는 척족과 개화파 사이에 친청과 친일 두 부류가 생겨나 대립하고 이는 결국 갑신정변으로 이어지게 된다.

결국 갑신정변의 원인은 개화당의 자주근대화정책에

대한 청국 및 민씨 수구파의 저지와 탄압에 있었다고 말할 수 있다. 개화당은 청국의 조선에 대한 속방화 정책과 개화 정책에 대한 탄압에 대하여 단호하게 무장 정변의 방법으로 대항해서 나라의 독립과 자주 근대화를 달성하려 한 것이다.

6

작품의 2편 후반부는 위에 언급한 것 같이 동학운동이 일어나기 전까지의 급변하고 있던 당시 여러 사건들을 담고 있다. 개화당은 마침내 1884년 음력 10월 17일 김옥균을 중심으로 우정국 낙성식 축하연을 계기로 정변을 일으켰다. 개화당은 우선 국왕 부부를 창덕궁으로부터 방어하기 좋은 경우궁(景祐宮)으로 옮기고 군사 지휘권을 가진 수구파 거물 "한규직 윤태준 이조연" 등과 민비 척족의 거물인 "민태호 민영목" 등을 불러들여 "즉석에서 놀란 혼이 구천을 헤매도록 했으며" 개화당의 배신자인 환관 "유재현"도 마찬가지로 "피 쏟으며 쓰러지게 했다"

그러나 다음날 개혁안 14개조를 곳곳의 벽에 붙이고 새 세상을 만들려 했지만 19일 아침 "밖에서 울린 / 두 발의 총성"을 시작으로 원세개가 이끄는 청군의 공격이 시작되었고 도와주기로 약속했던 일본은 이를 지키지 않아 이들의 거사는 물거품이 되었다. "김옥균 박영효 서재필 등은 / 다케조에와 같이 재빨리 빠져 나가고 / 사관생도와 홍영식 박영교는 북관묘에서 죽임당하니" 개화의 꿈은 "일부 역적들의 정변이라며 / 빛 보지 못한 "3일 천하로 막을 내리고 말았다.(2편 5장 「드디어 터진 사자후. 3)

이어 3편 「밟힌 지렁이 꿈틀거리고」에서는 제목이 시사 하듯 농민들이 꿈틀거리며 봉기하기 시작한다. 동학 농민운동의 불길이 일어나게 되는 것이다. 당시의 상황을 시인은 아래와 같이 노래한다.

큰 고기는 중간치 / 중간치는 / 잔고기 잡아먹고 살 아가면서 / 어육魚肉되어 먹히는 것은 순한 민중이라
−3편 6장 「한숨 소리 깊어가고. 2」에서

가렴주구에 시달리는 백성의 모습이 단적으로 표현되고 있다. 우리는 전라도 고부에 새로 부임한 조병갑의 학정을 익히 들어 알고 있다. 작품에는 그 내용이 세세하게 나열되고 있지만 한마디로 그는 백성들을 '어육'으로 만들어 괴롭히고 있었다.

마침내 갑오년(1894) 정월 초아흐레 "있는 놈 배 터져

죽고 / 없는 놈 끼니 갈망 어려운 / 씨팔놈의 세상아 망해라"며 "죽창 쇠스랑 괭이/ 집히는 것마다 하나씩 추겨"들고 농민들은 일어섰다.(3편 7장 「백성 소리가 하늘 울리고. 2」) 들불처럼 번진 이들의 분노는 전봉준의 "보국안민 제폭구민의 깃발 아래 / 일어서면 하얀 옷의 백산白山, 앉으면 대창이 숲 이루어 죽산竹山"이 되었다.(같은 장 「백성 소리가 하늘 울리고. 3」) 같은 해 사월 스무 이렛날 감사가 도망친 전주성에 농민군이 입성하고, 오월 초이렛날 관군과 농민군 사이에 화약이 성립될 때까지만 해도 동학운동은 매우 성공적인 것으로 보였다.

시인은 「뭉그적뭉그적에 날은 가고」(4편, 9장)에서 농민군이 내쳐 속전속결로 북진하지 못하고 제목 그대로 '뭉그적'거리다 실기한 것을 아쉬워하고 있다. 마침내 같은 해 10월 전봉준의 남접과 손병희의 북접은 논산에서 합류하여 충청감영 소재지인 공주를 점령한 다음 서울로 북상하기로 했다. 그러나 10월 24일 공주로 진격을 시작하여 이후 11월 10일까지 2차례에 걸쳐 처절한 공방전을 전개했으나 농민군은 대패하고 말았다. 첫 전투가 끝나고 남은 인원을 점검해보니 일만 명 중 남은 사람이 겨우 3,500명이었고 두 번째 전투가 끝나고 보니 남은 사람이 단 500명이었을 정도로 타격을 당했다.

특히 11월 11일 벌어진 공주 우금치에서의 대패는 동학농민운동이 사실상 종결되는 계기가 되고 말았다. 실로 어이없는 작전이었다. 지세상 유리한 고지에서 기관포를 난사하는 일본군을, 총알이 피해간다는 부적이나 지니고 겨우 죽창으로 무장한 농민군이 정면 돌파하려 했다는 것 자체가 어이없는 작전이었다. 거짓 패배로 유도해서 매복 작전으로 근접전 상황을 펼쳐야 했다. 지형지물도 이쪽이 훨씬 잘 파악하고 있었을 것 아닌가. 잘 훈련되고 우세한 화력을 가진 군대와의 작전에서 승률을 조금이라도 높이려면 함정, 매복 등을 활용한 산발적 게릴라전은 상식이 아닌가.(11일, 일본군 대위 모리야는 단 280명의 병력을 지휘하여 우금치를 수비하였다.)

동학농민군은 결국 11일 오후 노성과 논산 쪽으로 완전 후퇴하기에 이르렀고, 전봉준은 조선 사람끼리는 싸우지 말고 척왜(斥倭)와 척화(斥和)를 하자는 격문을 발표하였다. 승세를 잡은 관군·일본군은 11월 14일 노성에 주둔한 농민군을 협공하였고 패색이 짙어 사기마저 떨어진 농민군은 계속 후퇴하다가 뿔뿔이 흩어지고 만다. 전봉준은 마침내 농민군 해산 결정을 내렸고 자신도 12월 2일 순창에 숨어있다 잡히고 말았다. 이후 호남 일대에서는 관군과 일본군에 의해 무자비한 농민군 살육전이 자행되었다. 시인은 이 "기막히고 가슴 터질 일"에 대해 구천에 떠도는 동학군 원혼의 입을 빌려 아래와 같이 통곡의 노래를 부른다.

봉준아, / 전봉준아 / 녹두장군 전봉준아(…) / 바깥 소식 네 어찌 몰랐더란 말이냐 / 지피지기에 백전백승이라, 나를 알고 적을 알면 / 백 번 싸워 백 번 다 이긴다 했거늘 / 남의 사정 모르고 / 내 집 형편도 파악치 않고 / 어찌하여 우리를 죽음으로 몰아넣었느냐 / 전라도 고을마다 설치한 집강소 / 계획이야 그럴듯했다만 / 한 일이 도대체 무엇이냐 // 아마도 전생에서 너와 우리 / 짓고 쌓은 업보려니 했다가도 / 이제 와서 생각하면 / 꼭이 그런 것 같지 않아 묻노니 // 너 하나 위한 불장난이었느냐 / 아니면 못 살고 / 천대받아 / 원한이 뼛속에 맺힌 우리 위한 것이었더냐 / 세상일이 수상할수록 알다가도 모를 일이 / 많고도 많다더니 / 오늘 일이 그러한가 보구나(…) // 봉준아 / 전봉준아 / 녹두장군 전봉준아(…) // 속 시원히 대답이나 해다오 / 그리운 이웃 / 다정했던 불알친구 / 사랑했던 사람들과 나누는 이별의 노래마저 / 주고받지 못하고 한 줌의 흙 / 가슴에 얹지 못한 채 / 구천 떠도는 우리가 아니더냐(…) // 자칭 동도대장 전봉준이여 / 삼례에서 만경강 지나 / 금강 오르는 길옆 / 오백 군사의 원혼과 더불어 잠든 황산벌에서 / 마중 나온 계백장군이 참 잘 왔다고 / 어찌 이제야 왔느냐고 / 두 손잡아 이끌면서 / 지체하지 말라고 / 지체해서는 정말 아니 된다 타이르며 / 앞만 보고 곧장 올라야 한다고 / 두려움에 주저하는 발길 / 등 떠밀어 보냈건만 / 경천 조심하라는 참언讖言이 마음에 걸렸더냐 / 남접대도주 전봉준이여(…) // 그렇게 마음이 내키지 않는 일이었으면 / 애당초에 그만둘 일이지 / 어찌하여 우금치 아래 경천敬川 역말에서 / 사흘 동안 주저주저했느냐 // 피 맛에 굶주린 일본 놈들이 / 요소요소에 호랑이 아가리 만들어놓고 / 재빨리 증원군 불러오고 / 신식 기관총좌 설치할 시간까지 주었으니 / 봉준아, 전봉준아 / 넌 우리 편이냐 / 아니면 놈들의 끄나풀이더냐 / 참으로 알다가도 모를 일이로구나.

−4편 11장 「오호라 슬픔이로다1」에서

안평옥의 서사시에는 학술적 서술은 아니지만 행간을 통해 강한 역사적 평가를 내비치고 있다고 앞서 말한 바 있다. 바로 위에 인용한 대목이 바로 그런 예로 우금치 전투에서의 패배에 대한 날카로운 비판의식을 보여주고 있다. 전봉준은 을미년(1895년) 3월 28일 오후 네 시, "군복 기마로 관문에 작변한 자는 때를 가리지 않고 참한다"는 대전회통의 형전을 전거로 사형선고를 받고 그로부터 열 시간 뒤 마흔한 살의 나이로 교수대의 이슬로 사라지고 만다.

7

전봉준이 죽음을 당한 뒤 오 개월이 채 안 되는 같은 해 8월 20일, "방안 횃대 뒤로 몸 숨긴 / 왕비 민 씨"가 "머리채 휘어잡"혀 끌려나와 살해당하는 기막힌 일이 발생한다. "러시아와 조선왕비가 손잡는 날" 자신들의 꿈이 물거품 될 것을 우려한 일본 공사 미우라의 획책으로 일어난 사건이다. 시인은 의외로 담담하게 이 사실을 기술한다. 간결하게 쓰인 다음 문장은 이 대서사시의 대미를 이루고 있는데 그것이 오히려 더 충격적이다.

> 여우 사냥 증표라며 // 한 놈은 / 왕비의 저고리 앞섶 / 사향주머니 떼어서 간직하고 // 또 한 놈은 / 더듬은 젖무덤 사이의 / 지갑 챙기고 // 나머지 또 다른 놈은 / 옅은 숨결이 아직 남아있는 / 체온 위에 제 몸 덮친 잠시 뒤 // 공사 미우라의 최종 확인 거쳐 / 행려병자 시신이듯 / 검은 천에 아무렇게나 둘둘 말려져 / 녹산 아래 숲속 공터에 차곡차곡 쌓아둔 / 장작더미 위에 뉘어지고 // 재빨리 뿌려진 석유에 / 당긴 불씨로 / 오백 년 조선왕조는 화염에 휩싸이고 있었다.
>
> —5편 13장 「여우, 사냥 당하다. 2」

과거에 대한 사실 모두가 '역사적 사실historial fact'이 될 수는 없다. 그렇다면 역사적 사실이란 무엇인가. 물론 상식적으로 모든 역사가들에게는 어떤 기초적 사실이 있다. 동학의 농민군과 관군·일본군으로 구성된 토벌군과의 '우금치 전투'는 1894년 11월 11일에 벌어졌다. 그 전투가 다른 해가 아니라 1894년에 벌어졌다는 것, 평양이나 부산이 아니라 공주 우금치에서 벌어졌다는 것은 분명히 중요한 '사실'이며 이것이 틀려서는 안 된다. 그러나 정확성과 같은 일은 서지학·금석학·고고학 같은 특수한 기술을 보유한 전문가에 의존하는 것이 오히려 낫다. 역사가들이 주로 관심을 갖는 것은 그런 전문가에 의해 제공된 사실이 아니다. 그런 사실들은 역사 그 자체가 아니라 역사의 자료에 속하는 범주에 해당된다.

맥아더의 '인천상륙작전'은 한국전쟁의 판세를 결정적으로 뒤집게 만든 '역사적 사실'이다. '상륙'이란 말은 '배에서 육지로 오르는 것'을 말한다. 그런데 미국 해병연대가 인천에 상륙하기 이전에도, 이후에도 수많은 상륙이 있었다. 그러나 관광객이나 휴가 장병이나 어부들의 인천상륙에 대해서는 누구도 관심을 갖지 않는다. 이는 여러 사실 중 선택된 것만이 역사적 사실이 된다는 점에 다름 아니다. 안평옥은 자신의 글을 통해 자신이 선택한 역사적 사실에 대해 조명할 곳은 조명을 확대한다. 우리 주위에는 동학농민운동에 관한 책을 쉽게 발견할 수 있다. 우리는 그 책 속에 그 운동에 대한 자초지종이 모두 담겨있다고 믿는다. 그러나 어떠한 우연이나 마멸로 이때까지 알려져 있던 사실 이상의 사실이 있을 수도 있다. 안평옥의 작업은 이런 일에 집중한다.

개인적으로 나는 작가에게 더 많은 상상력을 발휘하여 서사를 극적으로 만드는 것이, 또한 주인공을 드러내어 그의 활약을 보여주는 것이 어떻겠느냐는 제의를 한 바 있다. 그는 단호하게 거절했다. 자신이 할 일은 '터를 닦고 초석을 놓는 일'일 뿐 그런 일은 후배문인에게 맡기겠다는 것이다. 어떤 보상도 격려도 없이 묵묵히 역사의 이면을 파헤치고 사색하고 글을 쓰는 그의 모습에 경의를 표한다.

마지막으로 덧붙일 얘기가 하나 있다. 임오군란도 갑신정변도 동학혁명도 실패로 끝나고 말았다. 왕비까지 비참한 죽음을 당했다. "오백 년 조선왕조는 화염에 휩싸이고 있었"던 것이다. 이런 와중에서도 고종은 1897년 10월 12일 문무백관을 거느리고 원구단에서 황제즉위식을 거행한다. 따라서 조선의 국호도 '대한제국'으로 바뀌었다. 이렇게 성립된 제국은 자주독립의 강화를 내외에 거듭 재천명한 사건이었지만 기울어져 가는 나라는 어찌할 수 없었다. 무능한 왕조 스스로의 탓이다. 결국 '제국의 시작'은 '제국의 최후'가 되고 만 것이다.

뒷글

1592년의 임진왜란부터 병자호란에 소현세자昭顯世子의 죽음을 다룬 첫 번째 장편서사시 '화냥년'에서 그랬듯이 1863년 고종高宗의 등극과 1895년 민비閔妃의 사망까지를 기술한 '제국의 최후'에서도 주인공을 내세우지 않았다. 아니, 내세울 수 없었다는 것이 정답이다. 흔히들 '오천 년의 유구한 역사를 지닌' 어쩌고 하지만 다른 것은 차치하고라도 문학에서는 지극히 국부적인 하나의 사건을 다룬 역사시가 몇 편 있으나 어느한 시대를 관류貫流하는 서사시가 존재치 않은 걸로 알고 있다. 이를 부끄럽게 여기고 서사시의 터를 닦고, 초석을 놓고, 기둥을 세우고 상량을 얹는 작업이 먼저다. 그 뒤로는 훌륭한 후배문인들이 서까래를 깔고 기와를 놓아 벽 바른 집에 풍경소리 울릴 거라는 먼 미래를 염두에 두었다. 결론은 『화냥년』이나 『제국의 최후』는 기초 작업이다. 그러기 위해서는 역사를 희극화戲劇化하거나 희화화戲畵化해서는 아니 되겠다고 작심했다. 주인공을 내세우지 않는 것이 옳다. 주인공 위주로 하다 보면 어느 한 시대의 일을 깊고 넓게 다루기도 어렵지만 자칫 역사가 왜곡되어 우스꽝스런 모습이 될 수 있으니 처음 생각을 일관되게 갖자는 다짐이었다. 예를 들면 청군淸軍이 섣달 초하룻날 압록강 건너 열 사흗날 강화도로 피난가려는 인조仁祖를 가로막아 부득이 남한산성으로 들어갈 때까지 저항다운 저항 한 번 없었던 것은 민심이 조선조정을 떠나있었고 시절마저 엄동설한이라 행동이 부자연스럽다고 서유기西遊記의 손오공孫悟空을 끌어다가 내세울 수 없는 것이며, 제국의 최후에서도 우금치에서 맞붙어 싸운 동학농민군의 20,000명에 관군과 일본연합군은 5,200명인 수적 우위였지만 죽창에 기관총, 전투의 지휘능력 등에서 결과는 빤한 것 호풍환우呼風喚雨하는 도사道士를 영웅으로 내세울 수 없어 경상 전라 충청도의 민심과 전투에서 패하여 떠도는 원혼의 울부짖음으로 가름하였다. 건강이 허락한다면 장편서사시의 어느 한 부분에 서까래나 기와를 깔고 놓아 주인공과 더불어 웃고 울고 환호하는 글을 쓰고 싶으나 뜻을 이룰지는 본인 자신도 알 수 없지만 영특한 후배들이 이루어 주었으면 더욱 좋겠다는 바람을 저버릴 수 없는 것이 사실이다. 오백년의 조선왕조 중 약 90여 년에 걸친 역사를 2개의 글

로 다뤘다는 점에서 자부를 느끼며 우리가 공식적으로
태양력을 쓰기 시작한 1896년 1월 1일 이전의 일이라
서 연월일 등이 음력임을 첨언하며 글을 맺는다.

저자 씀.

주요 사건 내역

1863. 12. 13.	- 고종 등극
1873. 11. 5.	- 대원군 실각
1882. 6. 5.	- 임오군란
1884. 10. 17.	- 갑신정변
1894. 6. 23.	- 청일전쟁
1894. 8. 17.	- 평양에서 청국군 패퇴
1894. 9. 17.	- 청국 북양함대 5척 서해에서 침몰
1895. 4. 17.	- 일본은 요동반도, 대만, 팽호열도 획득
1894. 1. 9.	- 동학농민군 1차 봉기(고부군)
1894. 3. 16.	- " 2차 봉기(무장현)
1894. 4. 27.	- 전주성 함락
1894. 5. 7.	- 전주화약 성립
1894. 7. 27.	- 갑오경장
1894. 10. 6.	- 동학농민군 3차 봉기(삼례-논산)
1894. 11. 11.	- 우금치 전투에서 패배
1894. 12. 2.	- 전봉준 체포됨(순창 쌍치)
1895. 3. 28.	- 전봉준 사형선고 받음
1895. 03. 29.	- 전봉준 오전2시 사형집행(김덕명 손화중 등)
1895. 8. 20.	- 민비 사망

안평옥

김제 출생
『문학세계』로 데뷔
『불교신문』 신춘문예 당선
시집 『흔들리는 밤』
　　　『내가 사랑하는 당신에게』
　　　『그리움이 뜨거운 날에』
　　　『새벽인력시장』
　　　『화냥년』
　　　『제국의 최후』

제국의 최후
- 안평옥의 여섯 번째 시집 중 두 번째 長篇敍事詩 -
2016년 3월 10일 초판 1쇄 펴냄

지은이 안평옥
펴낸이 김흥국
펴낸곳 보고사

책임편집 권송이
표지디자인 이준기

등록 1990년 12월 13일 제6-0429호
주소 경기도 파주시 회동길 337-15 보고사 2층
전화 031-955-9797(대표)
　　　02-922-5120~1(편집), 02-922-2246(영업)
팩스 02-922-6990
메일 kanapub3@naver.com / bogosabooks@naver.com
http://www.bogosabooks.co.kr

ISBN 979-11-5516-527-0　03810
ⓒ 안평옥, 2016

이 도서의 국립중앙도서관 출판시도서목록(CIP)은 서지정보유통지원시스템 홈페이지
(http://seoji.nl.go.kr)와 국가자료공동목록시스템(http://www.nl.go.kr/kolisnet)에서
이용하실 수 있습니다. (CIP제어번호: CIP2016004142)